夏暮听风眠

天爱／著
TIANAI WORKS

百花洲文艺出版社
BAIHUAZHOU LITERATURE AND ART PRESS

图书在版编目（CIP）数据

夏暮听风眠 / 天爱著 — 南昌：百花洲文艺出版社, 2017.8

ISBN 978-7-5500-2392-5

Ⅰ.①夏… Ⅱ.①天… Ⅲ.①长篇小说－中国－当代
Ⅳ.①I247.5

中国版本图书馆CIP数据核字(2017)第194682号

出 版 者　百花洲文艺出版社
社　　址　江西省南昌市红谷滩世贸路898号博能中心A座20楼　邮编：330038
电　　话　0791-86895108（发行热线）　0791-86894790（编辑热线）
网　　址　http://www.bhzwy.com
E-mail　bhzwy0791@163.com

书　　名　夏暮听风眠
作　　者　天　爱
出 版 人　姚雪雪
责任编辑　李梦琦
特约编辑　陈　思
装帧设计　Insect
封面绘制　松　塔
经　　销　全国新华书店
印　　刷　长沙鸿发印务实业有限公司（长沙黄花工业园三号　邮编410137）
开　　本　880mm×1230mm　1/32
印　　张　8.5
字　　数　184千字
版　　次　2017年10月第1版
印　　次　2017年10月第1次印刷
书　　号　ISBN 978-7-5500-2392-5
定　　价　29.80元

赣版权登字：05-2017-339

异国情缘 02

奥兰多

目录
contents

目录
contents

引子/七七

她一定是赵七七。

雨后街角，华灯初上，踩着雨水和泥泞去买金鱼，白色雨鞋，眉眼弯弯。

她一定是赵七七。

月上柳梢，万物安详，拿着花盆和陶土去种白菜，鞋带耷拉，唱歌走调。

她一定是赵七七。

寺庙小巷，算命桌旁，穿着裤衩和老头谈天说地，香烟袅袅，坐没坐相。

她一定是赵七七。

夜深人静，月亮私奔，裹着棉被空调底下按键盘，间或疯癫，叽叽歪歪。

她一定是赵七七。

会稽京口，河西古道，拖着夹脚鞋怀想残灯古梦，偶发诗兴，一窍不通。

赵七七说，这生活实在无聊。

好不容易熬到大三，金鱼淹死了、雨鞋漏水了、白菜发芽了、老头蹲牢了，赵七七一拍桌子——爷决定去美国！

S大的大三学生有去美国迪斯尼实习的机会，赵七七破天荒地交了次好运，于是乎，揣着兜里为数不多的人民币，壮志激昂地走了。

有老外问她，你为啥子叫七七呀？

赵七七一脸的高深莫测，因为七七在中国传统文化中的底蕴和内涵无比之深厚……

其实，不过是生在七月七。

在认识庄希之前，赵七七绝不相信自己会喜欢上一个整日面无表情动辄睡觉发呆的脸谱闷骚男。

但非常意外的是，他成了她想不到的不期而遇。

更意外的是，她也成了他猜不到的不知所措。

于是和很多两条腿的动物一样——

当你喜欢我的时候，我不喜欢你；

当你爱上我的时候，我喜欢上你；

当你离开我的时候，我却爱上你。

也许你以为这个故事的模式是——

如果你的心是孤寂荒芜的大海，那么，让我做你怀中的一条小鱼。

事实上这个故事说的是——

如果你的心是寸草不生的盐碱地，那么，我来给你撒一把浓硫酸。

而一切的一切，都源于一场由避孕套引发的血案……

一/想不到的不期而遇

“You can call me Seven Seven、Two Seven，or Seventy Seven.”在美国福罗里达州奥兰多市的一间双人学生公寓里，赵七七用一口不太标准的英语向对面的金发美人介绍自己。

金发美人名叫罗拉，是整栋学生公寓的负责人，对这层楼里刚搬来的两个中国实习生们颇为照顾。

“Ok，Miss Seven……”

“No！No！No！”赵七七摇了摇手打断她，字正腔圆地用中文发音纠正，“密斯赵，佩里斯。（Miss Zhao，please.）”

罗拉微微一笑，清了清喉咙：“好，赵小姐，我现在大致介绍一下你们这个学期的安排。”

赵七七的嘴巴瞬间张成了O形，看了看坐在床沿收拾衣服的室友李沁，再把头转向罗拉：“你竟然会说中文！”

罗拉微笑着对赵七七点点头：“我妈妈是华人，爷爷也非常喜欢中国文化，所以我从小就学过中文，非常乐意和你们交流，以后有什么问题尽管来找我。”

下面的时间，罗拉简要地说明了一下赵七七和李沁的工作和学习，她们属于半工半读性质，一边在迪斯尼实习一边还要在蒙特克莱尔大学学习本科课程。

李沁的工作是在神奇王国中做一些收费项目，而赵七七则被分配到附近的一家蛋糕房做蛋糕。

临走的时候，罗拉意味深长地看了赵七七一眼，提醒她道："Seven，你的英文水平还有待提高，Chinglish（中国式英语）只适用于小学生。"

赵七七眯着眼睛，张张嘴，说道："我正在……学习，很努力地学习！"

其实，赵七七一到美国就后悔了，最大的理由之一是，站在高大的美国人身边，她总有一种鸡立鹤群的感觉。一米六四的身高在中国不算矮，但是在美国，用罗拉的话来说就是"China Dolls（中国娃娃）"，而身高一米七二的李沁则完全没有这种担忧，步履姿态从从容容，简直如鱼得水。

此刻，李沁和隔壁楼的中国留学生出去玩了，赵七七一人走在超市，东张西望地寻觅着需要购置的日用品。

这是她第一次走进美国的超市，看着满目的英文，有种眼花缭乱的无力感，深深觉得多年的英语真是白学了。左摸摸右逛逛，很多物品，光看外包装根本就不知道是什么东西，而赵七七好奇心使然，看到有趣的包装就忍不住停下来多看几眼。

就比如现在，她看着面前一整柜精致小巧的包装品，认认真真地研究着这些东西的用途。

"美国佬就是奇怪，怎么这包装上连个字母都没有？"赵七七拿起一个小盒子，左看右看，找不到商品名字，不由得轻声念叨。

她放下手里的这个，拿起旁边另一个颜色的盒子，放在耳边摇了摇，盒子里传出窸窸窣窣的声音。

难道是小零食？赵七七摇摇头，不会吧，就这么一点点？口香糖？纸巾？还是蚊香片？

这时候身后传来一个带着明显嘲笑的声音，赵七七转过头，看到一个二十来岁、高高瘦瘦的外国黄毛。

黄毛看着她，凑过头笑道："你不知道这个怎么用的话，我可以教你。"

身边有其他顾客走过，有意无意地投来一个暧昧不明的眼神。赵七七把手里的东西放回到货柜上。

"谢谢，但是不需要。"

她转过身要走，黄毛却从后面跟了上来，一手搭上赵七七的肩膀，轻飘飘地说："像你这样的女孩子我见多了，说吧，要多少钱？"

赵七七瞬间就愤怒了，她大致明白他这话是什么意思。这边一圈子的中国留学生基本可以分为两种，一种是特别有钱的，炫富、挥霍、眼高于顶、从来不认真上课；另一种经济拮据的，安静、低调、乖乖上课、努力挣钱。

很明显，赵七七属于后者。

但是这样也不代表就可以任人欺负！言语上也不可以！身在国外，原本爱国意识说不上多么强烈的赵七七，此刻也萌生出一种国家荣誉至上的想法。

她学过一年拳术，虽然功夫很不到家，但看着黄毛瘦不拉几的样子，当下也摆出个半生不熟的架势。

“找打是不是，来！”

没想到那黄毛一看她的动作，脸色大变，当下后退一步，右手从腰间拿出一把手枪，下一秒已然瞄准赵七七。

周围的人群有了些异样，纷纷避退，但赵七七看着那手枪，笑道：“你都多大了，还学小朋友玩手枪！”

而就在这时，“咔哒”一声，黄毛手中的枪发出子弹上膛的声音。

赵七七一惊，瞬间想到这里是美国，而美国公民是可以合法持枪的！刚才那声音也昭示着，黄毛手里拿的是把真枪！

赵七七长这么大还是头回见到真枪，她当然不会什么金钟罩铁布衫，感觉到危险，第一想到的就是逃跑。但是身处两排货架中间，根本无处可逃，她就算有刘翔的速度，也跑不过子弹啊！

这些想法在赵七七的脑海中瞬息闪过，几乎就在同一时刻，她看到黄毛颤颤巍巍的手指有微微往后拉的趋势。

他要开枪了！

上帝啊！我说跟你打架，没说要跟你拼命啊！

然而，她根本就没有时间多思考什么，生平第一次真切地感受到这种生死存亡时刻的恐惧，双腿几乎发软，脑子里抽成了一片空白。一瞬间，她竟然是本能地等待着听到那声枪响，然后……

“砰！”

响亮的枪声，顷刻间将恐惧拉伸到极致，同时又带起一种彻底解脱的虚无与荒谬。

赵七七以为自己要客死异乡了，但是下一秒，身后突然被什么重物压到。她发软的腿根本没有任何力气去抵抗外力，整个人都往前倾倒下去。死亡的恐惧、失重的痛苦、身体的压力，伴随着脸部擦过地面的火辣，多种感觉一同袭来，赵七七只觉得心脏都要不堪重负了。

耳边响起了一串英文对话，赵七七在这一刻对英文完全失去了分辨能力，根本听不出来这个救了自己的人在说些什么。

过了好几秒，她终于意识到自己还活着，而刚才说话的那个人正压在自己身上。现在他站起来，对着黄毛又是叽里呱啦一连串的英文。

这回赵七七的意识恢复了一点，能听出来这个人说着一口纯正的美式英语，而对祖国的万分怀念还是让她听出来，这人的声线中隐约透着熟悉的中国味道。

赵七七瘫在地上，等着那救她一命的人把她扶起来，但是那人似乎并没有这个意思，只顾和黄毛说话。

不得已之下，赵七七只好自己爬起来，拍拍衣服转过头，看到了那个已然将黄毛的枪拿到手的中国男人。

他穿着深格子衬衫，米色西裤，很平常的打扮，身高略矮于一米八以上的黄毛，但拿过枪反手把黄毛扔给保安的动作却透出十二分的霸气。

做完这些事情之后，他转过身就走了，整个过程中都没有看赵七七一眼。

“喂……”赵七七忙上去把他拦住，“哎，你是中国人吧？我也是。”

但是那人并未表现出任何他乡遇故人的喜悦，只是淡淡地看了她一眼，用中文问她："还有什么事吗？"

赵七七一愣，觉得这个人说起中文来要比英文更好听，但看着他面无表情的样子，不由得有些尴尬。

她疑惑地揉揉脑袋，缓缓问道："那黄毛为什么要开枪？我又没做什么！"

对方解释："美国人认为中国武术很厉害，他觉得是你先威胁到了他的生命，所以记得，在国外的时候不要随随便便摆出中国武术的架势。"

"我擦！"赵七七怒了，"是他先动手动脚的！"

那人微微蹙眉，似乎有些疑惑。

赵七七看了看地上摔了一堆的小纸盒，气不过踢了一脚："就是这些破盒子害的！下次要是再见到那个黄毛，看我不买一堆扔死他！"

"我觉得……"那人的眼中不经意露出一丝笑意，一手往后面的图书专区指去，"你还是买本字典吧，不然今后的日子会不太好过。"

赵七七气呼呼地说："你笑我不懂英文？我过四级了好不好！那上面根本一个完整单词都没有，天知道是什么玩意儿！"

那人只轻轻一笑，略略一点头，示意再见。

事实证明，没有阅历，也该有常识。就在赵七七捡起地上自己买的东西，准备去结账的时候，被一个营业员叫住："这位小姐，我想您需要先把这散了一地的避孕套放回原处。"

十分钟后。

赵七七火急火燎地冲出超市，她发誓，今天在这里所发生的一切，绝对不要告诉任何人！

当她怀着万分郁闷的心情，搬着大包小包的东西回到宿舍时，李沁的电话来了。

“小七，你购物结束没？一起过来玩。”

赵七七把手提包往床上一扔，累死累活地趴在床沿，闷声道：“我就不去了吧，都不认识。”

李沁不依不饶的：“怎么不认识啊，杨洁怡以前不是跟我们一起上选修课的？还有几个英文系的女生看着也面熟，以后怎么说都是一个圈子的人了，总要认识一下。”她压低了声音，“偷偷地告诉你哦，这边还有四个男生，其中一个长得特别帅！”

赵七七可算明白过来李沁的醉翁之意了，笑道：“我没兴趣，你自个儿留着吧！”

学校这次一共来了十个人，六女四男，除了赵七七和李沁，那八个人都住在隔壁的一幢楼，赵七七和他们不熟。而李沁在学校的时候就是学院的学生会副主席，外交手段高明，没几天已经和他们打成一片了。

“我们在Friday，到了打我电话！”李沁说完，不给赵七七任何说不的时间，直接把电话挂了。

赵七七无奈地叹了口气，面对这样一个对外人温柔体贴、对自己却说一不二的好友，真是无语得很。

又偏是没办法拒绝的。

Friday是离宿舍楼并不远的一家酒吧，装修风格极具特色，很多留学生都喜欢在这里聚会。

赵七七平时不太喜欢去类似酒吧的这种娱乐场所，因为在中国的时候，她死心眼地认为出现在这里的人基本可以分为两种：钓凯子的女人和泡马子的男人。前者她不置可否，后者她横眉冷对，总的来说就是嗤之以鼻。

而美国的酒吧和中国的其实有很大差异，Friday更多时候都是被当作一个学生聚会的场所，每到星期五的时候，都有学生团体或个人自发地举行狂欢。

这天正好是星期五，赵七七刚走进Friday大门的时候，就有一个外国男人拿着串奇奇怪怪的串珠往她头颈套。

赵七七吓了一跳，转过头去看到一个身高起码有一米八五的美国男生。

“嗨！我看到一个中国娃娃！”

身材高挑的外国少年大声叫着，一把拉起了赵七七的手，随即俯过身在她脸颊上轻轻一吻。

赵七七很不喜欢这样随随便便的身体接触，觉得自己的面颊受到了侵犯，下意识就要把他推开，却又忽然想起这只是极为普通的见面礼，生生按捺住了心中的不快，只是恨恨地白了一眼那个美国少年。

但是，对方显然没有明白她的意思，旋即又转过头来，在她耳边说：“你被我的项链套住了，按照规则，今天要做我的舞伴！”

酒吧的音乐声很大，赵七七隐隐约约能听明白他的意思，即刻摇摇手：“对不起，我不会跳舞。”

话音刚落，近处响起一阵喧闹。

那少年的同伴们围过来，为首一个胖子大声道："这个比刚才那个好看多了！科里，我要跟你换！"

那个名叫科里的男生有些尴尬，显然这个胖子才是他们中的老大。

周围的少年见他无动于衷，纷纷吹起了口哨起哄。

"科里，你该不会是看上这个黄种妞了吧？"

"呵，这么丑都要，我就不明白中国女人有什么好！"

"那是你不明白中国女人摸起来的触感……"

最后的声音刚落，旁边就响起了三三两两粗鄙的笑声，尽管是在这喧闹的酒吧，也引来不少人的注目。

赵七七眼中的光芒逐渐褪去，用寒冷的目光瞥了眼胖子。然后她牵了牵嘴角，将头颈的串珠狠狠扯下，错身让开。

珠子散了一地，赵七七拽得自己的脖子都生疼生疼的，但是在走过这群美国学生的时候，她还是昂首挺胸且异常冷静而笃定地说出了一个词："Shit！"

赵七七的口语是不怎么样，但是她熟练地掌握着十多种美语骂人的词汇，这一刻，她选择了最简单的一个。

那七八个少年一听，立马就变了脸色，其中一个喝多了的猛然间拿起桌上的一个空瓶子，将它砸在赵七七面前，挡住了她的去路。

DJ刚好在这个时候换歌，一瞬的安静，将串珠纷纷落地的声音和酒瓶碎裂的声音衬得十分明显。

音乐彻底停了。

很多人转过头来看着他们。

在Friday有一个不成文的规定，若是接受了别人的串珠，就表示你愿意与他有下一步的发展。赵七七之前就听闻，有个别的中国留学生会游走于各家酒吧，用这种方式赚取生活费。刚才他们显然就是把赵七七也当作了这种人，这是她生气的最大根源。

赵七七停下脚步，恶狠狠地看着他们，冷着声道："你们想干什么！"

科里拍了拍胖子的肩膀："算了，吉姆。"

然而，那个叫吉姆的胖子不想就这么算了，他在这里向来呼风唤雨的，凭什么要被一个中国学生驳了面子？当下往前走了一步，指着赵七七，恶劣地说道："你要不就到台上去对着麦克风大喊你是个婊子，要不就被我们扒光衣服吊在门口，自己选！"

阵阵嘲笑声传来，赵七七握着拳的手瑟瑟颤抖，害怕只占了三分，倒有七分是动怒。

这时候，一个声音传过来："对不起各位，这其中一定是有什么误会，我的朋友就是脾气大点，她没有恶意的！"

赵七七转过头，看到李沁从人群里挤出来。

李沁本来就长着张混血味道的美人脸，这会儿化了魅惑的烟熏妆，穿着低胸露背的夜店装，再加上十多厘米的细高跟鞋，就算是在这个美女云集的场所，也有一种鹤立鸡群的感觉。再加上，在西方人看来那种与生俱来的神秘与温婉，真是从头到脚都透着致命的妩媚。

赵七七都看得走神了，她身边的那些人更是眼睛都开始发直。吉姆站在李沁面前，气焰一下子矮了好几分，说起话来都没有刚才那么咄咄逼人："你说，这是你的朋友？"

李沁笑道："你看不出来我们都是中国人？"

吉姆重新打量起李沁："放过她可以，不过……"他的目光中露出些许期待，"今晚你必须陪我。"

和李沁一起来的几个中国学生听吉姆这么一说，都愤愤不平，与她素来关系好的钟羽直接脱口而出："美国猪！"

钟羽话刚说完，随即就被身后一个美国男人拉住了衣领，下一刻，对面一个美国女学生走上前，狠狠扇了她一巴掌！

赵七七倒吸了一口气，看到钟羽的脸颊上瞬间泛起红印子来，气得当下就要还手，却被身边的一个中国男生抓住了手腕。她听到那人用中文低声说了一句："别冲动！不能跟他们乱来！"

赵七七使劲拽出了自己的手，转过头愤怒地瞪了他一眼："没胆子的滚远点！"

这时候，刚才一直站在李沁身后的中国女孩走了上来，她长相极为秀气，给人一种弱不禁风的感觉，说起话来却毫不含糊："吉姆，我没记错的话，你上回还欠庄希一根手指头。"

吉姆听她这么一说，当下愣了愣，但随即又露出痞笑来："庄希？呵呵，你跟他什么关系？"

那女孩顿了几秒钟，低声道："朋友。"

赵七七看到她背在身后的手微微发抖，心中叹道，老实孩子，撒谎都这么没有技术含量。

吉姆一伙人哈哈大笑起来，一个瘦子说道："朋友？这整个场子没人敢说自己不是庄希的朋友！别以为你随便说一句我们就能放过她！"

赵七七皱着眉头，刚来这里的时候她就听李沁说过，奥兰多市的中国留学生基本都是分群而居的，相互之间偶有来往。虽说他们整体不太受当地人待见，但是最厉害的那几个，就连本市政府都要给几分面子。

而关于庄希，用李沁的话来说，整个奥兰多市，没有他摆不平的事情。

但是这也并不代表能用他的名字来恐吓人啊！赵七七心想，就算要恐吓，为什么不选那个黑道背景的严离，而要选择庄希？严离……想到这个小时候跟她穿过一条裤衩的混账，赵七七瞬间又觉得火气噌噌噌上来了。

看着那个明显不善于说谎的女孩子，赵七七把心一横，决定将错就错。下一刻，她脸不红心不跳地说："但是很不巧，我是庄希的女朋友，你们不相信的话咱就在这儿一起等着，我跟他约好了今天一起来玩的。不过，别怪我没提醒你，最近他心情不是很好，到时候要的就绝对不只是你一根手指！"

赵七七这么说，凭借的是自己的说谎能力，赌的是吉姆那伙人的胆子。她从小就有说谎不眨眼睛的本事，颠倒是非混淆黑白，假的都能说得跟真的一样。

然而就在她说话的同一时刻，酒吧门口的悬挂风铃响了。

有人推门进来。

李沁用一种难以置信的语调低声惊呼："庄希！"

瞬间，赵七七的大脑一片空白，心中滋生出无穷无尽的……幻灭感。

二/猜不到的不知所措

"今天这么安静？"

低沉的声音从门口传来，似是带着几分玩味的笑意。

众人的目光不约而同地看过去，最后又落回到赵七七的身上。赵七七不知为何，瞬间有了一种置之死地而后生的勇气。她厚着脸皮、深吸口气，三步并作两步地走过去，挽住来人的手臂："亲爱的，你迟到了，一会儿看我们怎么罚你！"

感觉到庄希的手臂有些僵硬，似是要把她推开，赵七七忙使劲一掐，抬起头想对他使个眼色。然而，她紧张之下没有掌握好力道，庄希被她掐得倒吸了口气，明显是疼的。

一抬头，赵七七就愣住了，这个人，不就是今天在超市遇到的那个？

使到一半的眼色停下，赵七七的整张脸都呈现出一种奇怪而好笑的抽搐状。

灯光忽明忽暗，照出了赵七七的脸。

庄希似乎也微微一愣，随即低头笑了笑，说："这个惩罚有点重了。"

他们的说话声音很轻，别人根本听不见，但是从言行举止看来，倒真的像是一对窃窃私语的恋人。

赵七七意识到自己下手重了，急忙松开手："对不起。"

但是她才一放手，就感觉到肩上一热，竟是庄希的手搭了上来："走吧，叫上你的朋友，我们换个地方。"

赵七七感觉脑袋很大，就被人这么搂着，堂而皇之地走了出去。

出了Friday，赵七七慌慌张张站得离庄希三步远，说话都有些不利索了。

"对……对不起！"

庄希却是一副好脾气的模样："走吧。"

"去……去哪儿？"

"唱歌。"

庄希这提议倒也算不得是莫名其妙，刚才被赵七七骂胆子小的男生名叫秦浩，在一起来的几个学生中算是富二代，和庄希在国内的时候是那种见面点头的朋友。

眼下和几个男生商量了下，决定去。

除了庄希，他们一起出来的是四男五女，除了赵七七和李沁之外，还有钟羽、徐菲和杨洁怡三个女孩子，而和秦浩一起的分别是周世杰、何麦，还有钟羽的男朋友李天逸。

李沁正用毛巾给刚才被打了耳光的钟羽敷脸，忍不住白了秦浩一眼："你怎么早不说认识庄希？看小羽这脸红得！"

秦浩皱着眉道："我想说，你们给我时间了吗？一个个的都那么冲动！"

李沁喝了酒嗓门也有点高："你还有理了！"

“好了，李沁，我没事。”钟羽拉了拉李沁的袖子。

这时候李天逸从便利店买了消肿药回来，心疼地看着钟羽的脸：“要不你们去玩，我先送小羽回去？”

李沁有些迟疑：“难得一块儿出来……”

钟羽捂着脸说：“我这个样子哪还能见人？还是回去好了，你们玩开心点。”

赵七七内疚地看着钟羽：“对不起，都是我惹出来的。”

“什么话？我们早就看那群猪不爽了！”李天逸搂着钟羽的肩膀，“这笔账总有算回来的时候，让他们等着瞧！”

李天逸和钟羽走后，他们去了附近的一家歌城，赵七七和李沁几个女生走在后面，而几个男生一会儿就跟庄希熟络了，从学校的老师聊到中国的美食。

庄希的娱乐活动其实并不多，今天到Friday也只是因为别人约他，只是临时被那人放了鸽子。

虽然因为家族原因，他的朋友圈子很大，但也极少能有真正玩到一块儿的人。秦浩是他在国内时看着还算顺眼的朋友，这回遇到，本就有件事情希望他帮忙，眼下又有这么多差不多年龄的中国留学生，顺带就拉上他们一起去唱歌了。

包厢挺大，庄希脱了外套，很随意地往门口一坐，他的目光无意间掠过赵七七，赵七七瞬间就觉得脸上烫得厉害。她十分懊恼，心想自己今天真是丢人丢到姥姥家了，躲在一个最角落的位置里坐了下来。

一圈人三三两两地唱着歌，刚才在酒吧说是庄希朋友的那个漂亮女孩叫杨洁怡，唱起歌来也特别好听，众人忍不住边听边鼓掌。赵七七也听得入神，直到杨洁怡把话筒传到她手里。

赵七七忙不迭站起来找借口开溜："我有点……饿了，先去吃点东西！"

徐菲喊她："我也饿了，你去吃什么？给我带点回来。"

赵七七胡乱说："外带全家桶。"

李沁一眼就识破了赵七七："这里哪有什么外带全家桶！回来唱歌！"

赵七七哪会理她，一溜烟就跑了出去。

"我去趟洗手间！"

后面李沁的笑声传过来："七七唱起歌来五音不全的，听她唱那得十分有勇气才行……"

赵七七出了门，左转右转的，其实也没想要上厕所，只想胡乱走着，一边思忖着回去怎么把这事儿给糊弄过去。

本来就是分不清东西南北的人，神游的时候方向感更是一点都不知道了，竟是跟着一个男人走进了男厕所。

听到一声惊呼，赵七七才恍然醒悟过来，看了看前面拎着裤子怒目圆睁的男人，她忙往后退去，一边弯腰一边说着："斯密嘛赛，斯密嘛赛……"

身后撞上一个人，赵七七回过头，看到庄希憋着笑的脸，那眼神仿佛就是在看着一只因为咬不到自己尾巴而摇头晃脑的小狗。赵七七简直都可以脑补庄希现在的心里话：这东西怎么这么好玩。

庄希看了赵七七两秒，终于忍不住似的笑出声来，伸手在她的眼睛上方轻轻一抚。

然后，赵七七就看到自己好不容易黏上去的假睫毛出现在庄希手里。

庄希笑看着她说："睫毛飞了一半都不知道。"

赵七七这才觉得另一只眼睛也有点不舒服，忙伸手拿了下来。但是她的目光没有离开庄希。

赵七七这时候才发现这个人原来是这样的，他不笑的时候有点少年老成的感觉，甚至是那种这个年纪不该有的深沉，以及让人畏惧的威严，但是他骤然笑起来的时候，就像是眼耳口鼻都染上了和煦的阳光，温暖得让人想要靠近。

"还傻站着，回去吧。"

赵七七傻乎乎地脱口而出："你是来找我的？"

庄希摇摇头，晃了晃手里的糖果："吃不吃？"

原来他是去超市买糖的，赵七七摆摆手说不，心想，这个男人竟然爱吃糖！

他们往包房的方向走过去，后面的男厕所里还隐约传来男人骂骂咧咧的声音："Fuck Japanese！"

回到包房的时候大家正玩得起劲，桌上散乱着牌，看样子是一局刚过去，输的人就要被惩罚真心话或者大冒险。

他们玩的是狼人游戏，这回赢的是村民，拿女巫牌的李沁来提问，而输的人是何麦，选择了真心话。

秦浩起哄："要问个重口味的！前几次问的问题都太没意思了！"

几个女生也忙点头，反正一遇到这种情况，她们就会很主动地站成一条阵线。

李沁不负众望，想了想后，问何麦："你的初夜是在什么时候？”

果然有点重口味，周围的人顿时都哈哈大笑起来，和他关系最好的周世杰干脆就背过身去捶沙发。

何麦看了看秦浩：“你真猥琐！”

“嘿，你说我干吗？问题是李沁问的！”

李沁说：“赶紧的，别磨磨蹭蹭！”

何麦一副左右为难的样子，良久才勉勉强强说出一句：“我还没有……”

一众人笑声更大，真真是有种哀其不幸怒其不争的含义在里头。

秦浩笑道：“好在这里没有美国人，不然麦兜你可得被人笑话死！喂，要不今晚就给你找个美国姑娘？技术肯定是没话说的！”

何麦气急败坏地瞪他一眼：“你试过？”

四个留学生中秦浩长得最好看，赵七七敢肯定，李沁之前说的那个帅哥就是他了。但是现在看来，这人好看归好看，说起话来却是让她不太听得顺耳的，当下对他印象为负。

赵七七回到靠里的沙发上，表扬李沁问了个好问题。

李沁扬扬眉毛：“轮到你的时候记得问个更狠的！”

赵七七满口答应，损人的事情她可会了。

下一局，赵七七和庄希也加入进去，多了一个狼人和村民，结果还是村民胜，赵七七拿女巫牌，而两个狼人分别是秦浩和庄希。

何麦的报复心理马上上来了：“赵七七，来一个最恶心人的！”

赵七七看到李沁向她投来鼓励的目光，咽了口口水，尽量平静地说道：“打飞机喜欢用左手还是右手？”

秦浩看了眼赵七七，没想到这丫头看着挺老实，竟然问得出这么阴损的私人问题。

周世杰在一旁吃着爆米花，嬉皮笑脸的：“哥们儿，别也说没有啊，那我们就不是笑，要哭了！”

徐菲也抓了把爆米花：“看猥琐男，脸都红了！”

“那是灯光照的，笨蛋！”

秦浩差点要跳脚：“你叫我什么！”

李沁提醒他：“猥琐男你快点！左还是右！”

秦浩无奈，看来这外号是给叫定了。不过，后来当得知何麦那个“小处男”的称号后，他觉得自己的这个还算是扬眉吐气的。

此刻，秦浩看着众人，没好气地说了句：“看心情！你们怎么尽盯着我，庄希不也是狼人！”

赵七七的心顿时一吊，刚才她只想着把秦浩整一下，没顾及到庄希竟然也在回答的人选之内。

她小心翼翼地往门口看了看，庄希还是坐在那个位置，这个时候脱下了外套，穿一件黑色毛衣。他抱胸坐在沙发里，漫不经心的样子，一束光线正好打过去，将那眉眼衬得很是英俊，很是……合赵七七的口味。

这种好看和秦浩的全然不同，他们两个如果白天走在大街上的话，路过的人绝对会看秦浩，但是在这暗夜的灯光下，赵七七却头一次觉得一个男人原来可以这样吸引人。

赵七七从来没有谈过恋爱，暗恋都算不上，长这么大，感情世界依然一片空白，此刻想想真是有点对不起自己。她从小到大只会把男生当兄弟，一度怀疑自己是不是有什么同性恋的潜质，但是这一刻赵七七觉得，她喜欢这个人！

她盯着庄希看的这几秒，周围过分安静。

而其实这种安静是由内而发的，因为后来说起的时候，李沁很肯定地说，当时包厢里那么闹腾，他们连庄希的回答都没听清楚，反倒是后来的那个问题来得更为惊世骇俗。

庄希一个眼神看过来，赵七七几乎是一个激灵，错以为他是生气了。再一想，庄希面无表情的时候就是这个样子的，不是生气。

赵七七就这么和庄希对视着，看见了他的口型，听到了他的声音，无比轻描淡写的一个字："左。"但是配合着那双在思考中不带任何色彩的眼睛，赵七七觉得这个字被他说得有那么些荡气回肠的味道。

这个时候赵七七就不淡定了，这个XX……那个OO……他怎么可以这么认真诚实地回答一个损人蹩脚的提问！

包厢的光线正好，大家的气氛正好，KTV的歌声正好，不知道在这些正好持续了多久的某一个时刻，赵七七的眼神和庄希的又不小心撞在一起。

这一刻，赵七七清楚地知道自己被那个无意看过来的眼神电到了。是的，庄希眼睛小，但是那双小眼睛在特定时刻下，放出的是千瓦的电量啊！

所以在不知道进行了多少回游戏，大家的默契程度达到了某一水平、酒也喝得差不多了之后，赵七七拿到女巫牌后提出的问题是："我喜欢你，你做我男朋友好不好？"

狼人还是两个，庄希和杨洁怡。

明显这话是对庄希说的。

庄希愣住了。

杨洁怡也愣住了。

周围所有人在愣了片刻之后，打了鸡血般开始起哄。

赵七七看着庄希，庄希移开了目光，但是，他的脸色瞬间涨得通红。

赵七七心想：你竟然会脸红，还是通红通红的！

庄希过了很久才回答：“晚点，我再跟你说。”

众人扫兴。

而赵七七马上觉得后悔了，她从小就是这样，很多事情做的时候不计后果，事后就马上后悔了想找个乌龟壳钻进去。

但是现在没有乌龟壳，她只能时不时瞄一眼庄希，希望用眼神化解尴尬。

赵七七你怎么可以这么二呢？

赵七七你一直都挺傻，这回绝对是傻毙了！

她一直脑袋晕晕，好巧不巧再次轮到她提问庄希回答。

赵七七被抽干了力气似的，眼望天边随口找了个问题：“喜欢吃肯德基还是麦当劳？”

庄希看了她一眼：“肯德基，”顿一顿，非常认真地回答，“因为肯德基有外带全家桶。”

赵七七上班的那家蛋糕店名叫Little Time，直译的话意思是时间很少，但是赵七七更喜欢把它叫“小时光”。

小时光主要经营的是蛋糕生意，因为附近学生比较多，所以也兼营汉堡和饮料。这天，赵七七打冰块的时候有些心不在焉，回想起昨天晚上发生的事情，脸上还忍不住发烫。怎么可以那么直接？一定是酒喝多了！一定！

但庄希究竟是怎么想的？他最后那句“因为肯德基有外带全家桶”又算是什么意思？自己明明开始的时候随口说过想吃外带全家桶的。庄希说晚点会给她答案，但这个晚点是多晚？他根本和她不在一个学校，以后能不能碰得到还是个问题。

想到这里，赵七七觉得非常懊恼。在国内的时候，她也文艺过一把，在网上写过几个暧昧不清的言情故事，但是这一刻她突然意识过来，自己对真正的爱情其实是一无所知的，她完全不懂怎么去开始一段感情。是不是写言情小说的都没谈过恋爱，所以才会把故事描绘得那么美好？

赵七七啊赵七七，你怎么可以这么轻率？太轻率了！

下一刻，她又给自己找到了理由。

只是……

只是因为想坦白。

只是因为想他知道。

只是因为不喜欢玩暧昧。

只是因为相信感情要真诚。

只是因为……她是真的太大胆了。

接下来她就要想，是迎难而上还是知难而退。

这个问题没有花去半分钟时间就有了答案，赵七七觉得，自己长这么大了好不容易看上一个男人，就这么不了了之的话，实在太对不起自己、对不起老师、对不起远在中国的乡亲父老……

正怀想着父老乡亲的时候，一个黄黄的、毛茸茸的脑袋凑了过来："喂！我的芒果冰沙！都叫你三遍了！"

赵七七被那大嗓门一吼，急忙把芒果汁的罐子打开，连声说了好几遍对不起。

做好冰沙给那人递过去的时候，对方正笑吟吟看着她。可不就是昨天超市里拿枪对着自己的那个黄毛！

"嗨！"黄毛笑着给她打招呼，"原来你在这里工作啊！是我的学妹吗？看来以后可以经常来吃了！我叫马克，十七岁，是校运动队的队长，你是哪个年级的？"

学妹？赵七七哼了一声，只不过是在美国人眼里中国人比较显小而已，她可比他大好几岁！

赵七七别过脸去不理他，虽说在美国可以合法持枪，但是一个能让未成年孩子随身带枪的家庭，肯定不简单。再者，这家伙看着绝对是有暴力倾向的，她才不要招惹这种人。

马克见赵七七压根不打算理他，干脆走到里面去："喂，昨天是我不对，我向你道歉！我的枪已经被我姐姐没收了，所以你不用这么害怕我。"

赵七七背过身去继续打她的冰块，打完冰块做汉堡，直接把马克当作了空气。

"我爷爷身边有好多会功夫的中国人，他们一拳头就能把人打死，我还以为你们中国人都会那样的功夫，所以只是想正当防卫一下！"

"你的正当防卫真让我吃惊，"赵七七转过去看了他一眼，"如果我是你爷爷的话，一定会让那些中国人教教你，什么叫先礼后兵。"

“这个成语我知道！但是昨天明明是你先要打我的！”

“我打你了吗？好像没有！你开枪了吗？好像有！”赵七七做了个“请”的手势，“麻烦出去，非工作人员不能到这里来。”

马克不乐意：“没事啊，现在就你一个人。”

“接班的人很快就要来了，再说，你这样很影响我工作。”赵七七说着把马克硬推了出去。马克还在一边喋喋不休，赵七七嫌烦，干脆戴上耳机放音乐。

没过多久，罗拉来了，一到门口就急匆匆对赵七七说：“七七，老师让我通知你一下，今天晚上九点到十点爱丽丝有事来不了，你顶替她一下，工资照算。另外，我代我的母亲向你表示慰问，据说我那不成器的弟弟昨天在超市里持枪伤人……噢，马克！你怎么在这里？！”

马克吸了口冰沙，耸耸肩：“嗯，这玩意儿真好喝，姐姐你也试一下吗？”

罗拉一把揪住他的衣领往后走：“你现在就给我回去上课！立刻！不然今天回去就继续抄写《圣经》！再见七七！”

赵七七看他们姐弟走远，舒了口气，收拾了一下自己的东西，在心里打定一个主意：人不风流枉少年！她要追庄希！

“女追男，隔层纱，我看好你！”

宿舍里，李沁错愕几秒钟之后，还是对赵七七的倒追计划表示了赞成。

赵七七笑眯眯地坐在床沿上晃荡着小腿，伸出一根食指：“我赌一筐黄瓜，一定能追到庄希！”

李沁也笑呵呵地看着她：“好啊，你只要把庄希搞定了，我请你吃一大筐黄瓜！”

赵七七全然想象不了自己吃下一筐黄瓜的模样，只是傻愣愣地看着李沁，问道：“但是我要怎么追啊？”

李沁笑盈盈地看着赵七七：“伟大的歌德曾经曰过：‘青年男子谁个不善钟情？妙龄女子谁个不善怀春？这是人性中的至纯至洁。’”边说边拎上手提包，“不过具体怎么实施嘛，这个说来话长，我现在要出去了，回来再跟你慢慢讨论！”

赵七七打量了一下李沁的打扮，凑过去问她：“这么漂亮，见谁去呀？”

她微微一笑，颇有几分颠倒容华的味道：“捉拿秦浩！”

赵七七的脑袋又凑过去一点：“这么快！教我几招呗！”

李沁摊手：“没法教，人家是自个儿贴过来的，我只管收就行；你是要给人送上门去，这人家收不收，我不能决定啊！不过男人应该有一条准则是：自己送上门的，不要白不要！”

赵七七有点面瘫：“这么听着我真掉价。”

李沁揉揉她的头：“没关系，我当年也做过这种矬事。”

“后来呢？”

“谈了，分了。”

赵七七点头。

她知道李沁的感情经历就是：谈了，分了；谈了，分了；谈了，分了……万花丛中过，片叶不沾身，唯一一个上了些心思的，也在她出国前一个礼拜就分了手。

但是赵七七不一样，她的感情经历是：……

一片空白。

看着李沁欢快地换了高跟鞋出门，赵七七蹲在床上抱着被子，开始想着送个什么礼物给庄希。

她简单地吃了几片面包就算是晚饭，买了一沓小卡片，坐在书桌前写了一张又一张，最后都觉得不好，统统丢进了垃圾箱。

在来美国之前，赵七七曾以为自己有优秀的成绩、远大的理想、高雅的爱好、良好的品性。这些东西年长日久，其实将她压抑得并不快乐，至少，曾经的她连喜欢一个人的时间都没有。于是就一度地自我麻痹，原地固执。

也正是在最压抑的时候，她选择来到这个遥远的国家，与其说是想来看看这个世界上最发达的国家是个什么样子，倒不如说是要躲避那从头到脚的压力。

现在的赵七七，只想过好眼下的每一天，想每天有温暖的阳光，想和身边的人们快快乐乐，想吃好睡好没有太多烦恼。

她想着，能喜欢一个人也是好的，即便这段感情没有开始，更遑论终点，她还是要谢谢庄希，至少在这个年纪、这个时候，让她对生活有了新的憧憬和期待，也让她看清楚自己之前的刻意麻痹是多么错误。

看着垃圾桶里满满的小纸片，赵七七傻乎乎地笑起来。

三/女追男隔了十八座山

晚上九点，赵七七准时到达小时光代班。

这个时候顾客少些，赵七七闲着无聊，拿了张碟放起了安静的音乐。虽然都是没听过的，但倚在窗前，看着外面的灯红酒绿和往来行人，赵七七的心情还是十分愉悦的。

脑子里反反复复是庄希那句“晚点，我再跟你说”。

但是要晚到什么时候？还是说，这根本就是一种委婉的拒绝？想到这里，赵七七的心情就不愉悦了，还有些愁眉不展。

李沁已经帮她从秦浩那里拿到了庄希的MSN，赵七七掏出手机上了网，加了庄希。

对方的头像是暗的，但赵七七还是傻笑着发了一个字过去：“喵。”

实在不知道说什么，于是就喵一下好了。

没有回应，果然是不在线。

赵七七有些担心，要是这人十天半月，甚至大半年都不上一次的话，那可怎么办？

这时候有客人来买汉堡和可乐，赵七七做好一个递给他，回过身倒可乐的时候发现手机的灯亮了一下，紧张得可乐都溢了出来。

客人走后赵七七马上拿起手机，看到屏幕上果然是MSN的窗口在跳。

庄希回复的也是一个字，就是把句号改成了问号。

“喵？”

赵七七有些不知道说什么好，心跳极快，脑子里却是迷迷糊糊的，顺手又是一句非人类的语言。

“喵……”

发出去之后才知道大错特错，一时间急得脸都烫了。

很快，屏幕上又显示。

“喵！”

赵七七觉得晴天霹雳，不打算再跟他说猫话。

“我是赵七七。”

过了很久，没有回音。

就在赵七七想要再发一句过去的时候，对方回过来：“知道，斯密嘛赛的那个嘛。”

赵七七突然就有种晴天霹雳加五雷轰顶的感觉。

市中心的一套私人公寓里，庄希将一杯牛奶放到茶几上，看着那个头发散乱、四仰八叉躺在沙发上的女孩。

“胆子大了啊谢小北，敢放我鸽子。”

那女孩正拿着庄希的手机按得起劲，一抬眼，模样十分惊艳，二十岁左右的样子，却分明还带着十六七岁的女孩子特有的那种干净明澈，五官标致，该长的地方都长开了。

“你应该谢我才对，不然哪来的艳遇。”她晃了晃手机，眯着眼睛笑着，“这姑娘挺好玩的哈，不介意我再跟她说会儿话吧？”

庄希看她虽然是疑问句，但眼神中都写着满满的肯定了，这小祖宗，从小到大就没几天安生日子。

“说说看，你打算什么时候回去？”

谢小北嘟着嘴：“才不回去呢！我哥这阵子不在家，谢亭西那家伙就知道欺负我！”

庄希笑道：“你们家怎么这么奇怪，谢睿东你管他叫大哥，谢亭西呢干脆就连名带姓，谢斯南你倒是满口的‘我哥’，那三个不都是你亲哥哥？”

谢小北撇撇嘴，答不上来，只好用鼻子出气：“哼！”

庄希拿起家里的座机：“先说个回去的时间，我给你家里打个电话。”

谢小北摇头，一边在手机按键上按得飞快：“不要！我爸妈这几天逼着我学法语，我才不要说那叽里咕噜的话，好不容易躲你这里玩几天，你这么快就急着赶我走了！”

“谢小北女士，如果我没有记错的话，你现在已经二十岁了。”庄希有些无奈。

谢小北笑得眉眼弯弯：“十八岁两周年，我每年都十八！”

庄希没办法，这丫头是谢家的宝贝，从小谁都惯着的，眼下也只好随她。

谢家和庄家都是国内A城的望族，庄家从政而谢家从文，并着商业巨擘程氏和黑道起家的严家，在A城有“四大家族”之称。谢小北和庄希也是从小玩惯了的人，几年没见，这姑娘还是这么没规矩。

最近程家三少程绍均弄出来个大型商业城，取名为飞扬城，据说是给个女人造的，被传得神神道道。这程三也是个厉害的家伙，不知使了什么法子，让A城台面上经常蹦跶的那几个人都入了股，这要是真做起来，绝对稳坐A城第一商业区。

庄希没想到的是，就连谢小北都跟着她哥哥瞎掺和进去了，还跑来美国拉自己蹚这浑水。不过，这肯定也是她往外跑的借口而已。

谢小北玩着手机，心不在焉道："庄希，程三那事儿，你要不再考虑下？我去看过了，那飞扬城造得很漂亮！大概后年竣工。"

庄希道："程绍均找你来当说客的？"

"喂，我们家一共四个娃，现在除了大哥都入股了，连严家那个冰块都同意了。"冰块指的是严凉，谢小北一直不太喜欢他。

庄希想了想，说道："程绍均现在掌控程氏，严凉是严家继承人的不二人选，你们谢家向来是东南西北一条心，但是庄家……"庄希缓缓道，"庄泽说的话最顶用，庄迟也行，何必找我？"

庄希的父亲庄仕宜上头还有两个哥哥，庄仕儒和庄仕景。庄泽是庄仕儒的儿子，庄迟是庄仕景的儿子，只是庄仕景在庄迟幼年就已经过世，自此庄迟过继给了庄仕儒，而庄仕儒待庄迟也如自己亲生。庄仕宜身体一直不太好，也不怎么过问家族中的事情，所以在外人看来，整个庄家就数庄希最没分量。

但是谢小北显然没有考虑过这个问题，她放下手机，认真地思考："照你这么说也对啊，更何况庄泽哥哥前几年都跟我宛姐姐结婚了，你说程三和我哥为什么要找你，而不是找庄泽哥哥？"

庄希笑而不语。

谢小北道："他们肯定是觉得咱几个关系好。"

庄希莞尔，谢小北说得也不错，他们几个年岁相仿，是一起长大的，而庄泽和谢睿东他们，毕竟长他们许多。

"你回去告诉他们，我同意了。"

"我就说嘛！庄希最好说话最和气了！"

得到了庄希的肯定回答，谢小北乐呵呵地给自家哥哥打电话，声音那叫一个甜。

过了会儿，谢小北突然对着手机大笑。

庄希料定不是什么好事，拿过手机一低头，看到自己手机上的如下对话：

"关于上次那个问题，你说过会给我一个答案的。"

"这个……我得好好想想。"

"期限呢？我勇气有限，想要的只是一个真实的回答，你要是把我一棍子打死也可以。"

"你这姑娘真是有趣啊哈哈！我觉得吧，这得看咱们合不合得来，你的爱情观是什么？"

"我的……还不是很确定，不过我见过最好的当然是生相知死相许。"

"姑娘你吓唬我呢，我们才刚认识！"

"就这么一说而已，其实开心就好。"

"嗯嗯，是啊，开心就好，我们再接触一段时间看看吧……我要是觉得你不错的话，嗯哼……”

庄希拿过手机，斜着眼睛看她，一字一顿连名带姓地叫了一遍她的名字。

谢小北立马做无辜状：“我也没说什么啊！”

庄希皱皱眉：“你直接告诉她不成不就结了？”

“那多伤人！我看她人挺好的，你凑合个呗，这么些年好像也没见你冒过什么花边新闻，”一顿，小吸一口气，“你不会是……啊？不会吧！”

庄希敲敲她的头：“别乱想！”

谢小北小声嘀咕：“从小到大就没见你有过女朋友！”

庄希不接话。

谢小北又道：“你爸妈怎么就不知道着急！我大哥像你这么大的时候早就被我妈妈逼着相亲了！”

庄希这时候已经转过身，却还是听见了她的话，脸色不由得一白。

他转过头看了眼笑颜天真灿烂的女孩，心道：你以为谁都能像你一样，出生在一个和睦的大家庭里，父母相爱、手足和乐吗?

他转过身，往自己的卧室走去。

这时候，手机又振动了。庄希低头一看，还是赵七七发过来的。

“对了，你的手机号能不能告诉我？”

庄希叹了口气，又不好意思拒绝，发过去一串号码，连着说了句“忙，下线了”。

赵七七看着手机屏幕上突然暗下去的头像，微微笑了，庄希没有拒绝把手机号码给她了，第一步算是成功了！

然而，她的笑容很快就僵硬在脸上。

感觉到前方的光线突然暗了下来，赵七七一抬头，看见吉姆和科里那伙人正站在店门口，将整个店面围住了，黑压压的一片。

吉姆手里拿着根不知道是什么的棍子，皮笑肉不笑的："庄希的女朋友，啊？可是我听说，庄希从到美国的第一天起，身边就没出现过女人！"

赵七七听到这个消息本来应该是高兴的，因为这证实了庄希是一个洁身自好的人，但是在这种场合下，她宁愿不知道的好。她朝后退了一步，背在后面的右手握紧了一把长柄伞："你们……你们想怎么样？"

吉姆看着赵七七："想怎么样？哼，想领教一下你的中国功夫！"

赵七七在吉姆的棍子挥过来之前把头偏了过去，长柄伞往前一送，紧接着身体往一侧倾斜过去，躲过了吉姆的袭击。

吉姆笑了笑："身手不错啊！"他挥手做个了动作，"你们一起上！"

站在他旁边的科里有些犹豫："吉姆，她只是个女孩子，我们这样是不是不太好……"

"闭嘴！"吉姆恶狠狠地瞪了他一眼，"还不是你惹出来的事情！"

赵七七趁着这几秒钟，一个侧翻身，轻巧地从柜台上一个打滚，出了店铺，拔腿就跑。

听到吉姆在后面大喊："快追！别让她跑了！"

赵七七穿的是三厘米的小高跟，跑几步还行，但时间一长绝对是坚持不住的，更何况那几个美国少年的体力明显比她好太多。

遇到个转弯口，赵七七看见前面有个熟悉的身影，正是之前见过两次的黄毛，她急急地大叫："马克！"

黄毛转过头，一看是赵七七，立马眉开眼笑起来："哈哈，又见到你了！"正要再说些什么，一看赵七七神色不对劲，身后竟然还跟着几个凶神恶煞的人。

赵七七慌慌张张拽过他："枪！借你的枪给我用一下！"

黄毛惊讶道："我的枪已经被收回去了啊！你怎么惹上他们的？"

赵七七来不及回话，放开他，撒腿就继续往前跑。

黄毛紧跟在后面，问她："需不需要我帮你解决他们？"

"少废话！他们那么多人！"

黄毛笑了笑，下一刻却不跑了，在原地停下，等着后面追来的人。

赵七七稍一停顿，回头看了看，想着反正马克挺有背景的，那伙人应该不会把他怎么样。

她跑到下一个转角停下来，拿出手机给当地警方打了个电话，用蹩脚的英语好不容易才描述了一下大致的情况，警方说马上会过来处理。

打完电话之后，赵七七看了看手表，正好已经是下班时间，便绕路回去关好了店铺的大门。她心想，以前在中国的时候，中学生打架的场面见过太多了，也算不上什么大事，警察一来就能解决，所以自己过不过去都没有什么影响，干脆就往宿舍的方向走去。

路过一家饰品店，赵七七看到门口摆放了很多漂亮的糖果，玻璃橱窗里陈列着各种可爱的毛绒玩具，她突然就想起了庄希时而严肃时而可爱的样子。送他这种女孩子喜欢的东西，他会是什么表情？赵七七这么想着，已经走进那家饰品店。

买了一袋子五颜六色的水果棒棒糖和一只半个人大小的娃娃，赵七七抱着它们走回宿舍。

在宿舍楼下，赵七七看到了一对情侣在拥吻。在这样一个开放的国度，这本来连事儿都不算一桩，但赵七七突然停下脚步，差点没倒吸口气，因为那两个是中国学生，更重要的是，那个正对着她的女孩子，不是李沁又是谁？虽然看不清脸，但赵七七百分百断定，那就是李沁！

这么一来站着也不是，走过去也不是，赵七七只好尴尬地先把自己藏起来，等他们吻别结束后再回去。

不一会儿，李沁和那人告别，赵七七好奇心理作祟，踮了踮脚去看那个男生长什么样子，这一看又是吓了一跳，竟然是秦浩！

学生公寓里。

赵七七抱着一堆东西推开宿舍门的时候，把秦浩顺利擒拿归案的李沁正卸了妆在敷面膜，看赵七七手里抱着的棒棒糖和玩具，笑问："哪个送的呀？"

赵七七笑答："是我买来准备送给庄希的。"

李沁一激动，面膜差点从脸上掉下来，忙双手按住，瞥一眼赵七七："就凭你手里这个？"不知道该不该提醒她，现在中学男生追求女生都嫌这玩意儿过时了。

赵七七拍了拍毛绒玩具的脑袋："对，就是它了！"

李沁看着她："小七啊，我有时候就不明白你是真幼稚还是装幼稚，明明聪明的时候脑子转得很快啊，怎么遇到有些个问题就死钻牛角尖呢！"

赵七七纳闷地问："我怎么又死钻牛角尖了？"

李沁摆摆手："好了好了，不讨论这个问题，你今天怎么这么晚回来？别告诉我你就忙着选礼物去了。"

"爱丽丝晚上有事，我代她加班。哦，对了，吉姆那浑蛋今天竟然找上门来，太无耻了！"

李沁一惊："他们没怎么你吧？"

赵七七简要讲了一下经过。

李沁听完，说道："你就把马克一个人扔那儿了？那家伙瘦猴似的，遇到吉姆那群饿狼，被打残了怎么办？"

赵七七道："不会吧？我都通知警察了，应该很快就来的。那家伙上次可差点要了我的命，我肯打电话报警已经是仁至义尽了！"

"那你也应该等到警察过来再走嘛，"李沁边说边轻轻拍打着脸颊，"我知道这家伙不咋的，但起码也是罗拉的弟弟，"她略略压低了声音，"我打听过了，他们的爷爷是做军火生意的，奥兰多市只是他们家族成员的一个落脚点，背景究竟有多大，谁都不知道。"

赵七七哼哼一声："没兴趣。"

李沁做好面膜，喜滋滋地抱着抱枕往椅子上一靠："是啊，你现在就对庄希有兴趣。”

赵七七霎时红了脸：“那你和秦浩都干柴烈火了！”

“好了，好了，”李沁不逗她了，“放心，我会为你保驾护航的，一定事半功倍马到成功！”

赵七七“嗯”了一声，笑得眉眼弯弯。

正在这个时候电话响了，赵七七一看来电显示是罗拉，心中顿时觉得不妙。

果然，罗拉沉闷的声音从对面传过来：“七七，马克现在正在医院抢救，你马上过来一下！”

赵七七赶到医院的时候，手术室正好开门，马克一脸病恹恹的样子，好在还活着，也没缺胳膊断腿，赵七七顿时松了一口气。

马克和罗拉有着一个普通到不能再普通的姓氏，史密斯，而史密斯一家据称是以军火发家，家族根据地远在东南亚。家族族长，也就是他们的爷爷威尔斯老先生很难得回一趟美国，而他们崇尚自由的父母也无心家族事业，几年前开始就在世界各地环游，把姐弟两个扔在奥兰多市自生自灭。

罗拉对赵七七道：“警察给了我你的电话，他们说找到马克的时候，马克已经被打得站不起来了，好在现在情况稳定下来了。”

罗拉并没有指责的意思，但是赵七七觉得自己好像做了件天理不容的事情。

“对不起，罗拉，我不应该……”

“不不不，七七，你不应该向我道歉，而是向他，”她指着马克，一脸无奈，“虽然他从来就不让人省心。”

“罗拉，那帮人本来是找我的，马克是帮我引开他们，但是我没有想到……会这样。”

罗拉正色道：“这么说来你知道那群人是谁。”

赵七七如实说了。

罗拉看了看病床上还在昏睡着的马克：“我会叫他们付出代价的。”

赵七七正庆幸着罗拉竟然半点责怪自己的意思都没有，马上就听她说：“七七，为了弥补你的过失，今晚你就在医院陪马克吧。”

赵七七张了张嘴巴，有些犹豫，但是看着罗拉坚定的表情，最后也只能点头。

这间单人病房有专门给家属安排床位，罗拉走后赵七七就往上一坐，玩起了手机，她没想到手机上竟然有一条庄希发过来的短信。

“你会中国功夫？”

赵七七一看时间，已经隔了半个小时了，心里一急，忙发过去：“会。”也不管自己学的其实是三脚猫中的三脚猫。

不一会儿，庄希就发过来：“我有个朋友想学，你有时间教她吗？”

赵七七一看，是女字偏旁的她。

她很快地回过去：“没问题。”

约好了时间地点，赵七七抱着手机对自己说：他们肯定只是普通朋友，嗯！

“啊……庄希！庄希！这个人我打不过，你快来帮我！那个挂怎么开的我又忘了！”

书房里传出谢小北的喊叫，庄希叹了口气，把手机放进口袋后，走去书房：“别玩游戏了小北，你不是说要学武术吗，我帮你找了个老师。”省得以后总在书房里杀猪一样。

谢小北一听乐了，游戏扔一边：“美国肌肉男？壮不壮？我才不要那种浑身肌肉的，看着就像肉疙瘩！”

庄希无视她异于常人的审美：“是个女孩子，中国人。”

谢小北不开心了：“那我还不如回中国去学呢。”

庄希点头：“这样最好。”

谢小北贼兮兮地说：“那我还是不回去了吧，什么时候去见老师？”

“明天中午。”

但是没有等到第二天中午，谢小北就被国内的一通电话召唤了回去。

庄希开始还觉得奇怪，什么人这么大本事，几句话就把这个难缠的小祖宗给搞定了，不过再一想就知道是谁了。难怪谢小北讨厌肌肉男，因为印象中，谢斯南是特别清瘦的。

收拾好谢小北那间乱成一团的客房后，庄希就想着怎么跟赵七七说。向她道歉？还是……请她吃饭？

庄希约了赵七七第二天在一家咖啡馆见面。

当庄希看到赵七七抱着一只巨大的毛绒玩具、手里拎着个花里胡哨的袋子艰难地推开玻璃门的时候，他忍不住上去帮她开门。

“你怎么拿了这么多东西？”

赵七七轻咳一声，尽量不让自己脸红，做出一种厚脸皮的样子说：“送你的。”

庄希的脸部几不可察地抽搐了一下：“送我……这个？”

“嗯！”赵七七不由分说地把软趴趴的毛绒狗狗塞给庄希，“拿着玩吧，哈哈，这个长得很可爱和你很像，哈哈……哈……哈！”

“谢……谢。”这是庄希长这么大以来，第一次想不到用什么方式来拒绝女孩子。

“但是你为什么要送我这个？”他看着坐在自己对面稍显局促却又努力维持镇定的赵七七，只觉得，这个小牛皮糖……太滑稽了。

赵七七想了想，说：“我在追你啊！”

太诚实了……庄希的脸部再次不经意地抽搐了一下。

“哦，还有这个！”赵七七把那个花花绿绿的小袋子也一起给了庄希。

庄希看了看：“这些是什么东西？”

“棒棒糖啊，你不会没吃过吧？我挑了好几种不一样的。”赵七七说。

“谢谢。”庄希抿了抿嘴，不想在这个问题上再做讨论，马上叫来服务员点单。

“昨天的事情很抱歉，因为我那个朋友突然有事要回中国，所以不用教她拳术了。”

赵七七点点头：“这样真是太好啦，我自己也是个半吊子，正好不知道要怎么教呢。”

诚实的孩子。

庄希一笑："秦浩说你们是留学加实习的，为期半年？"

"嗯，半年后我们就回去了，还要努力补修这个学期落下的学分。"

庄希想，幸好只有半年。

"对了，你是怎么认识秦浩的？你不是A城的吗？"

"他在A城念的中学，后来全家搬去S城的，我父亲和他父亲在生意上有些来往，也不是很熟，这回正好碰到了，有点事情找他帮忙。"

"你什么时候回中国？"

"不一定，也许再也不回去了。"

赵七七有些失望："哦。"

庄希问："中午想吃什么？"

"饭。"

"饭？"

"嗯！来这里之后就没有好好吃过一顿香香的白米饭，你对这边熟，有没有什么地方做出来的饭是中国味道的？美国人烧的饭难吃死了！"

庄希笑笑："有那么一家，是中国人开的，我带你去。"

他们去了一家离学校并不算远的小餐厅，中式风格的装修，老板是一个风趣的中年妇女，有一个十二三岁的小女儿。

"妈咪，有客人来了，我猜是中国人！"一个清脆的声音在庄希和赵七七推门而进的时候响起来。

老板笑道："猜对了，宝贝儿，是你的漂亮哥哥带着个漂亮姐姐。”她转而向庄希他们打招呼，对赵七七解释，“她叫茜茜，眼睛看不见，总喜欢玩这种猜人的游戏。”

庄希向茜茜打招呼：“嗨，茜茜。”

小女孩高高兴兴跑过来：“庄希哥哥你有一个月没来了！忙着和漂亮姐姐约会吗？”

庄希捏捏小女孩的鼻子：“不准乱说话，这是我的朋友赵七七，你可以和她问个好。”

茜茜乖乖地向着赵七七的方向招招手：“七七姐姐好！”

赵七七一看这个小姑娘就喜欢，蹲下身和她握握手：“茜茜你好。”

正在这时手机响了，是马克打来的电话，他说自己虽然醒了，但是正处于一推就倒弱不禁风的阶段，极其需要赵七七过去照顾。

赵七七说道：“马克，你总应该给我个吃饭的时间吧。”

“好的，没问题，但是你要在一个小时之内出现在我面前，不然我就叫我的保镖把你捉过来！”

赵七七强忍着愤怒，对自己说：别跟马克一般见识，他还是个未成年的孩子。

老板娘亲自下厨，烧的菜美味可口，赵七七已经好久没有吃到过正宗的中国菜，一顿饭吃得意犹未尽。

“那个……庄希，”赵七七嚼着一只红烧大虾，“下回把李沁和秦浩他们都叫上，还来这家，我请你们吃饭！”

庄希笑笑：“好。”

赵七七出门的时候还在为庄希那个浅浅的笑容神魂颠倒，突然想起来自己说要请大家吃饭，顿时一拍脑门，上帝啊……

虽然说对一个人好表现在给人烧饭请人吃饭，但我怎么就忘记考虑一下自己那干瘪的钱包呢……

她觉得必须找罗拉商量一下，加大工作量，同时在心里嘀咕了一句：坑不死爹的资本主义国家！

四/少年心事

赵七七到医院的时候马克正在闹脾气，漂亮的护士小姐怎么哄他都不肯吃东西。看到赵七七推门进来，马克鼻孔朝天哼了一声，竟是直接就把头转了过去。

赵七七说：“不想看到我？那正好，再见！”

“你给我站住！”赵七七还没有踏出房门，马克就从床上跳起来，“你怎么可以这么没有爱心！”

赵七七笑道：“说得对，作为一个成年人，应当给予未成年人基本的爱心。”

马克更生气了：“你别把我当作小孩子！”

赵七七看了看放在桌上的食物和药片：“可你现在的行为分明就是小孩子才有的。”

马克闻言，二话不说，把桌子上的东西吃了个干干净净。

护士松了口气，朝赵七七微微一笑，出了病房门。

马克气鼓鼓地看着赵七七。

赵七七被他看得不耐烦，只好道歉说：“好啦小屁孩，是我不好，不应该在你没有醒来的时候走开，也非常感谢你的见义勇为。”

马克几乎要抓狂了："我不是小孩子！赵七七你听着我不是小孩子！不要再让我说这句话了！"

赵七七摊手："可你就是未成年。"

"我今年七月份就满十八岁了！"马克一脸严肃，"你要是觉得我现在不可以追你的话，好，那就等到五个月后！"

赵七七点头微笑，她六月份就要回中国，到时候才不管他成不成年这个问题。

但想到这里的时候赵七七又郁闷了，因为五个月后除了见不到马克，也意味着见不到庄希了，除非……她能在五个月之内追到他！

马克看着赵七七忽而皱眉忽而微笑的表情，十分诧异："喂，你在想什么？是不是觉得五个月时间太长？"

赵七七瞪着他："五年我都觉得太短！"

在病房被马克折磨了一下午，赵七七回到宿舍的时候，看到房间里坐着个人，她想起来是上回见过的杨洁怡。

杨洁怡看到赵七七进来，忙站起来问好，显得有些局促："七七，你回来了。"

"洁怡，你难得来玩啊！"赵七七笑着走进去，才发现有些不对劲，杨洁怡身边有个大箱子，箱子旁边还有几沓书，一副正在搬家的样子。

李沁这时候顶着面膜从卫生间出来："我和你说啊七七，洁怡从今天开始住在我们这里。"

赵七七忙点头："噢噢，好啊，这里正好也多一个床铺，洁怡我帮你整理东西。"

杨洁怡很感激地看着赵七七："谢谢你七七，真是……打扰了。"

"谢什么，大家都是朋友嘛。"

几个女生住在一起，相处的时候难免有所摩擦，这一点赵七七心知肚明，所以也不问杨洁怡为什么要搬过来住。

但是到了晚上，三个女生在被窝里开卧谈会的时候，李沁主动说起了这件事情。

"七七，我觉得还是跟你说明一下比较好，上次我们虽然和徐菲、钟羽她们一起出去玩，但并不代表大家都是好朋友。洁怡这回之所以搬过来，就是因为她们两个太过分了！"

赵七七顺着她的话问下去："发生了什么事啊？"

"洁怡你自己说吧。"

杨洁怡"嗯"了一声，然后开始轻声细语："我在国内和徐菲是同班同学，虽然说不上很好的朋友，但毕竟在一起也有个照应。我们来这边之后和钟羽分在一间宿舍，一开始还好，但是后来我就感觉到她们两个人慢慢地疏远我了。我一开始不知道什么原因，直到今天早上在盥洗室听到她们说……"她顿了一顿，"她们竟然说我有意在李天逸面前矫揉造作，想破坏钟羽和李天逸的感情。"

不得不说，有的女孩子说起话来的语气就是会让人产生保护欲，杨洁怡就是这一类型。

赵七七听她此刻说完都带着哭腔，立刻就愤愤不平了："看不出来她们竟然是这样的人，太过分了！以后我们少和她们接触！"

李沁安慰道："洁怡你别理她们，天生嘴贱没办法，以后就和咱们住，我和七七才没那么多小肚鸡肠。”

杨洁怡又用她超有感染力的声线发表了一番感谢，随后话题不知怎么的又扯到了赵七七和庄希身上。

那天杨洁怡也是在场的人，她十分佩服赵七七：“那天我都被你吓到了，七七你胆子超大！后来我们还说你肯定是开玩笑的呢，没想到竟然是真的！”

赵七七十分汗颜：“你们就别再说这事儿了，我承认我那天……简直丢死人了！”

杨洁怡道：“才没有呢，我好羡慕你，起码你敢当着他的面说出来，要是我的话……只会慢慢等着他开口。”

李沁一激动：“洁怡快说，你喜欢上谁了？”

杨洁怡低声道：“哪有什么喜欢的人？我只是说，如果有的话。”

李沁不依不饶的：“啊呀，你就不要骗我了，刚才说‘他’这个字的时候，那语气……肯定真的有啦骗不了我！说实话！”

于是，话题从赵七七倒追庄希，很快地转移到了杨洁怡喜欢的人是谁，又转移到了李沁和秦浩之间的种种……反正女生之间聊来聊去就是这些话题，睡一觉醒来后又都不记得了，然后下次睡觉前再重复同样的话题。

赵七七今天一下午都在病房，现在有点累了，不多久就睡着了。她当然不会很在意杨洁怡到底有没有喜欢的人，因为现在的她不会知道，其实杨洁怡喜欢的，也是庄希。

杨洁怡其实很早就认识庄希了，早在赵七七之前，早在来美国之前，甚至她来美国，很重要的原因就是，在这里有可能会遇到庄希。

只不过认识也可以是单方面的，杨洁怡认识庄希，庄希却从不认识杨洁怡。那个自初中起就沉默寡言的男生，从来未曾记得自己在某个小弄堂里救过一个被小流氓欺负的女孩子，但那个女孩子却为着过去的梦，一路紧跟步伐、不依不舍，就好像故事中的唐·吉诃德为了过去的梦，披上战甲、骑上战马，横冲直撞、无所畏惧……只是她从来没有想到，竟会有这么一个女孩子，先于她一步向庄希说出了喜欢。

杨洁怡听到过钟羽和李天逸他们在背后笑话赵七七，他们说她异想天开、不识好歹。庄希是什么人？能看得上她？杨洁怡甚至也在心中嘲笑过赵七七，但是过后又羡慕起赵七七的勇敢，如果再给她一次机会，她一定会先一步这么做，哪怕到最后头破血流的是自己，被人笑话的是自己，自作自受的是自己，最起码，庄希会看到她，不是用余光，他正面直视，报以平静或者温和的微笑。

想到这里，杨洁怡仿佛觉得自己带上了唐·吉诃德式的挫败，平庸透顶、荒唐透顶。

此时此刻，赵七七已然睡去，梦里依旧有怪兽，依旧在等待王子，这个姑娘又一次心无城府地走在披荆斩棘的路上，全然不会知道，身边有一个什么人，想要将她一窥到底。

女生宿舍已经沉寂在一片黑暗之中，只有走廊上的光，透过薄薄的玻璃，在黑暗中拉扯出丝丝缕缕的暧昧不明。

然而就在这个时候，一阵响铃打破了宿舍原有的沉静，将睡未睡的杨洁怡听出来那是赵七七的手机铃声，她窝在被子里偷偷看了看手机，显示的时间是凌晨两点，有谁会在这个时候给赵七七打电话？

李沁一向睡得很熟，素来都是雷打不动，在铃声持续了十几秒之后，杨洁怡听到赵七七迷迷糊糊的声音：“喂，谁啊……你不说你是谁我怎么知道……你喝醉了吧……说胡话呢你，我挂了。”

“嘟”的一声挂机，宿舍里又恢复了刚才的寂静。

杨洁怡觉得自己心跳得厉害，她不可抑制地猜测：那个人是庄希，那个人一定是庄希！他为什么要在这个时候给赵七七打电话？而且还是……喝醉了的时候。

赵七七第二天醒来压根忘了昨天晚上有那么个半夜惊悚的电话，倒是杨洁怡在赵七七刷牙的时候冷不丁地问了句：“昨天那么晚，谁打电话过来的呀？”

赵七七满嘴泡沫，想起来好像是有这么回事：“一个陌生来电，我一会儿看看。”

收拾好东西，宿舍三个人一起去上课。今天讲摄影课的是一个外聘教师，据说还是个中国人，上一届的学姐们把他夸得那叫一个天花乱坠，这让赵七七她们都十分好奇。

在路上的时候，赵七七特意翻出昨晚的来电，对方显示的号码是本市的，赵七七想来想去，她在美国认识的男性朋友十个手指都能数得过来，并且都有存他们的号码，怎么会有个陌生号码打进来呢？

李沁笑得一脸高深莫测：“难道是哪个小男生看上我们的小七了？”

赵七七一脸无奈地说道："我觉得自己绝对不符合美国人的口味。"

"那个马克怎么说？"

"人家不是未成年吗？"

李沁的目光从赵七七胸口游离而过："唔，未成年，难怪喜欢未发育……"

赵七七追着她一阵狂打："有你这么损人的吗！"

三个人一路上吵吵闹闹的，到教室的时候都快要是上课时间了。赵七七进去的时候差点就和一个人撞到一起，她连声说了几遍对不起，匆匆找了个位置坐下。发现对方挺没礼貌的，也不知道回复一句，就走上了……讲台。

他竟然走上了讲台！

李沁发出一声轻轻的吸气声，这声音赵七七知道，这是李沁在看到帅哥之后的第一反应。

赵七七再看讲台上的那个人，干干净净的米白色外套和粉色T恤……天，粉色！

教室里有暖气，所以那人进来第一件事就是放下摄影机，然后脱外套。教室里一片"哇唔"之声，赵七七第一次看到一个男人能把粉色穿得这么好看，衣服很有设计感，衣缘有些许细致的纹路，解除了一味的单调却又不显得累赘，圆领的一侧带有复古花纹的盘口，看起来十分别致。

"你们可以叫我Jingrong Shen。"他这样介绍自己，然后就开始了这堂课。

赵七七和李沁、杨洁怡都听清楚了他刚才的发音，猜测着这个老师的名字究竟怎么写，而教室正前方，巨大的投影仪突然放映出她们三人刚才嬉笑打闹的照片。

面对着三人瞠目结舌的表情，Mr.Shen丝毫没有什么表示，他说道："我们来看这张照片的光线，阳光直射的角度正好将她们三人脸部的明暗度打出三个层次……"

赵七七英语本来就不好，Mr.Shen说着一口流利的英语，加上很多特殊的专业词汇，语速快的时候她基本就听不懂了，只呆呆看着投影仪上的照片。很明显，自己的脸是沐浴在光线中的，李沁偏暗一点，而杨洁怡因为被树荫挡住的缘故，正面都看不太清楚。

下一张照片是赵七七一个人的，棱角分明的侧脸，美，的确是美，她几乎都不相信那个是自己。

学摄影的人都知道，高明的摄影师从来不会用化妆品来修饰被拍摄的人，对光线的运用和把握，能对人脸进行最大的修饰和改观。赵七七以前只知道45度侧逆光，所以现在，她不得不被这位摄影师的功力大大折服。虽然这个人未经同意就擅用她们的照片。

下课后，Mr.Shen主动找上她们。

"谢谢你们的照片。我的习惯是，免费给模特拍照片之后，要挑选一张自己最满意的留下，所以这位同学，"他对着赵七七，"这张照片送给我，其余的你们都拿去。"

赵七七被他这种漠然却又理所应当的口气给郁闷到了："好像是你自己要给我们拍的，我们都没有同意呢。"她才不要自己的照片被别人拿在手里，以后说不定还要被当作上课教材来用。

Mr.Shen只是微微一笑："我非常不想向三位闯入我镜头

的姑娘们收取摄影费用。”

他竟然用了“闯入”一词，意思是她们硬要拍的？

赵七七刚要说话，被李沁一扯：“老师当然不会啦，谈钱多伤感情啊！”

Mr.Shen又是微微一笑，极具绅士风度：“当然。”

离开教室后，看着李沁和杨洁怡在那里看照片，赵七七忍不住跺脚，有种被卖了的感觉。

李沁说道：“喂喂喂，没看见那位刚才都把话写脸上了吗？意思是：我的收费可是贵死人的！”

“那他也不能这么不讲道理！”

杨洁怡笑道：“七七你还算好的，我听说以前有男生还被他拍到特别丢人的一幕，那男生想尽各种办法都拿不回照片。Mr.Shen脾气虽然怪一点，但他的人品绝对可以保证，不会做什么损人的事情，那个男生的照片，他一次都没有外传过。”

赵七七哼了一声：“你们当然开心啦，拿的又不是你们的照片。”

李沁说：“我还希望是我呢！”

杨洁怡眨眨眼睛：“小七，如果你真的很想拿回来的话，偷偷告诉你，Mr.Shen每天这个时候，都会去我们宿舍后门口的那家冷饮店吃冰激凌。”

杨洁怡话刚说完，赵七七已经向着宿舍的方向奔过去了。

赵七七很少来这条路，因为太阴暗太狭窄，她觉得很奇怪，像这种地方，真不符合Mr.Shen那种阳光明媚的基调。不过管他呢，说不定这家伙内心变态！

这条小路上只有一家冰激凌店，赵七七很容易就找到了，Mr.Shen也真的在里面。

赵七七走进去，小心翼翼地说明来意。Mr.Shen却不说话，招呼了店员，请她吃冰激凌。

赵七七拒绝，倒不是不给Mr.Shen面子，她"大姨妈"来了，实在不敢吃。

"我以为你们女孩子都爱吃这个。"Mr.Shen说，不等赵七七回答，又自言自语，"我最漂亮的小模特，就是被一个坏人的冰激凌给骗走的。"

赵七七心想，果然变态，人家给你拍个照都成了你个人所有的？

"我叫沈竟容。"

赵七七一愣，他终于开口说中文了。

出于礼貌，她说："我叫赵七七。"

"没问你。"

赵七七额头一抽。

"不过也没关系。"

就在沈竟容说出这一句的时候，赵七七遇到了这辈子都难以忘记的一个场面——枪击，实打实的美国黑道枪击战！

以至于在之后的很多年，她一听人说"不过也没关系"就会觉得手抖。

第一声枪响从窗外传来，那颗子弹就打在距离赵七七最近的玻璃上。

在赵七七还没有反应过来的时候，沈竟容脸色一沉，使劲拉了赵七七一把，偏离了玻璃窗碎裂后垂直砸下的位置，紧接着一个翻身，抱着她滚到桌子底下。

“怎么回……”赵七七一张口就被捂住嘴，沈竟容低声道：“别说话！”

一阵杂乱的脚步声从门外闯入，赵七七的视线被桌子挡住，只能看到一双双黑色的皮鞋，少说也有十几个人。她被沈竟容捂住了嘴巴，眼下说不出话，极其安静的几秒钟里，听到自己的心扑通扑通跳得厉害。

一个沉厚沙哑的声音在距离他们十几步远的前上方响起来：“你最好把东西交出来，要不然，今天怕是不能活着走出这里了。”

赵七七绝对没有听错，这个人说的是中文！

她以前也有听闻中国黑道势力在国外非常猖獗，但那也只是听说，多半作不得准，可现在眼见为实。而这个被他们捆起来的人好像是单枪匹马一个人进来的。赵七七十分不解，那人到底偷了人家什么东西？比性命还重要？

她动了动僵直的大腿，下一秒被沈竟容按住。赵七七看到他面色沉重，知道他眼下也十分担心，万一被这群杀人不眨眼的看到，他们岂不是要死于非命？这就叫……一杯冰激凌引发的血案！

但是……赵七七眉毛一蹙，沈竟容先生，你担心归担心，难道就没有发现，贵手掌以这样一种暧昧的姿势按在人家大腿上，实在……有伤风化吗？

一番心理斗争，赵七七都没听到刚才的对话，回过神的时候，就听到一个人说：“如果你觉得杀了我，那些东西就安全了，那不妨试试看。”

这个声音是……庄希！

赵七七紧张之下不由得手肘往下一撑，正好按在裤子口袋里的手机上，好巧不巧，拨出了最近通话中的第一个号码。

这一下动静虽然不大，但是让整个房子顿时安静了下来。

他们不会是发现了吧！

赵七七的心脏几乎要从喉咙里跳出来了，好在沈竟容反应快，把一枚硬币往另一个方向扔了过去，扰乱了众人的视听。

几个人过去一探究竟，房子里顿时起了些声响。赵七七趁机用口型对沈竟容说：“我们想办法救救他吧。”

沈竟容眉毛一挑，赵七七从他的唇部变化可以看出来，他说的是：“自顾不暇，我们现在趁其不备从窗口出去倒是还有一线生机。”

赵七七反对，这怎么可以？那个人可是庄希啊！她喜欢的庄希啊！

“我们马上报警！”赵七七不想就这么放弃，再说现在也不是完全没有希望的。

“浪费时间。”沈竟容轻轻一笑，竟然还带着些许玩味，“你有接过吻吗？”

“啊……啊？”赵七七以为自己听错了。

沈竟容道：“如果到死都没有接过吻的话，挺可惜的。”然后，他不容分说地抵上了赵七七的额头，“借我用一下。”

赵七七还来不及把沈竟容推开，就被他封住了嘴。

她这一惊可非同小可，初吻！她的初吻！这家伙一定是疯了！现在是什么情况？什么场合啊！赵七七想开口说话表示她的极度抗议，但是沈竟容趁机进一步入侵，不给她任何反抗的机会。

丫丫个呸！

赵七七慌乱之下也不管外面什么黑社会火拼的场面了，拽住沈竟容的胳膊，双腿猛然弯曲，使劲往上一抬，正中沈竟容的下身。

沈竟容吃痛，但是并未放开赵七七，反而抓住了她的双手，不准她乱动。

赵七七紧接着一个翻身，沈竟容所料未及，他们就这么明目张胆地翻滚出了桌子，出现在外面那些人的视线里。

在多年之后某人的婚礼上，众人说起沈竟容的时候，谢小北玩着谢斯南的手机，给出一个字：贱。严离整了整自己的衣领，给出一个字：骚。赵七七猛地喝了一大口水，怒道：丫就是个浑蛋！

眼下，赵七七惊魂未定地抬起头，无暇顾及那些穿西装的黑道人士，她第一眼就望向了庄希。她最担心的不是自己的安危，而是自己和沈竟容现在这个样子出现在庄希眼中，他会怎么想。

庄希眼中有一闪而逝的诧异，看着他们，沉默不语。

倒是那群持枪者中为首的开口了：“谈情说爱也不挑选个好地方，真是可惜了。”说罢，手中的枪指着他们。

赵七七心中一声哀叹，当初为什么要来这个混乱的国家？为什么可以倒霉到一个月内两次被枪指着？

沈竟容咳嗽一声，淡定地说：“大哥们，我们什么也没听见啊！你看我们这么投入的样子，根本就不知道你们刚才说了什么啊……”

赵七七决定暂时忽略庄希会怎么想的这个问题，先拖延时间再说。

然而对方显然不相信他，冷笑着说：“没关系，死在我们手下的人已经够多了，不差你们两个。”

赵七七一阵心寒。

沈竟容这时候还压在赵七七身上，听到扣动扳机的声音，赵七七感觉到他的手一紧，随后，听到他说：“慢着！我们的手机在你们进来的时候就已经接通了警方，现在你们说的每一句话都在他们的监听中，我劝你们还是快点想办法怎么全身而退，除非你们对警方的办事效率十分信不过。”

赵七七清晰地听见那人骂了句粗口，肩膀不由得一抽，生怕对方一个生气就把他们毙了。

然而，那人只是伸出手：“把手机拿过来。”

赵七七和沈竟容都是一惊，没想到这个人办事这么小心谨慎。他们自然没有给警方打过电话，要是这个谎言被揭穿的话，今天肯定就没命了。

正在犹豫之中，对方已经有两个人走过来，从他们身上搜出了两部手机。

带头的看了看沈竟容的手机，露出一个玩味的笑容，很显然，他识破了沈竟容的谎言。然而，当他将目光移到赵七七的手机上时，却立马变了神色。

几乎在一瞬间，赵七七和沈竟容被人从地上拉起来，两把枪分别指着他们的太阳穴。

“听着，你们要是敢玩花样，我们不会手下留情的！”

赵七七有些蒙了，她刚才有打过警察电话？绝对没有！那就是那个人看花了？

他们把赵七七和沈竟容压在前面，准备撤退。

这时候庄希却突然说话了："放了他们，我会交出你们要的东西。"

带头的人停下脚步："你想拖延时间等警察过来？"

庄希面无表情："放了我的女朋友，我跟你们走。"

赵七七听见脑子里"嗡"的一声。

这里只有自己一个女人，那么庄希说的"女朋友"就是她了？赵七七顿时就有种想哭的冲动，庄希一定是为了救她所以才这么说的，虽然他平时总是冷着一张脸，但其实，他对她还是有那么点在乎的。

赵七七忍不住叫了他一声："庄希。"

眼神到位，深情并茂，一副楚楚可怜欲言又止的模样，谁都看得出这不会是装的。就这一声，让那伙人都信以为真了，连庄希都在一瞬间有了点弄假成真的感觉。

那带头的经过几秒钟的思考，还是决定放了赵七七和沈竟容，一是他知道庄希是个说一不二的人，二是带着这两个人会严重影响他们撤退的速度。于是，他向手下人使了个眼色，示意放人。不过联想到刚才赵七七和沈竟容暧昧的动作，他还是忍不住朝庄希露出个"你也有被戴绿帽子"的表情。

赵七七和沈竟容马上就被人推向了一边，而庄希主动随那些人离开。

然而就在庄希要走出门的时候，赵七七一咬牙，猛地向那带头的人冲过去，抓住他拿着枪的手张口就咬了上去！

那人完全没有想到这个女人会这么做，下意识就抬脚向她踢过去。他们都是有过专门训练的人，力道十分之大，第一脚用膝盖踢在赵七七腹部。赵七七吃痛，泪水瞬间就流了下来，却不肯放手，嘴上也咬得更紧，直咬得那人鲜血溢出。

第二脚踢过来的时候，反应极快的庄希把赵七七往边上一推，大大减小了她受伤的程度，但赵七七还是被踢翻在地上，撞得眼前一阵漆黑。

“七七！”

这是庄希第一次没有连名带姓叫她，语气中透着焦急与关切，赵七七明明痛得眼泪直流，却还是努力抬起头，十分艰难地对庄希笑了笑。

那个被咬了的人异常气愤，再次将手枪瞄准了赵七七：“看来你是真的不想活了！”

“住手！”

喊出这一句的，除了庄希和沈竟容，还有另一个人。

赵七七觉得这来自门口的声音又是熟悉又是陌生，赶紧朝那个方向看去。

在场的所有人也都不约而同地看向那个人，这一看，都是脸色大变。

五/你情我愿

赵七七绝对没有想到会在美国见到严离。

有那么一个人，赵七七从记事起就认识他，他们一起在幼儿园欺负同学被老师罚站，一起爬树掏鸟蛋摔得一个骨折一个在手术室门口哇哇大哭，一起光着脚丫子到小河里摸鱼……两人光着屁股在家门口搭积木的时候，他说，赵七七我偷偷地告诉你其实我喜欢的人是你。几年后知道什么叫喜欢了，他又无数次带着不同的姑娘出现在赵七七面前，神气活现地说，赵七七你看这是我喜欢的谁谁谁……赵七七不记得任何一个谁谁谁，她只知道这个人，会是她一辈子的好兄弟，无关性别。

直到有一天，这个据说是某有钱人家私生子的好兄弟被一辆油光发亮的四轮车给接走了。那时候赵七七十一二岁，留着男孩子的短发，在车屁股后面追了老远，旁边的人指着她说：这小子真能跑。赵七七哭着嚷嚷：老子不是男的！

后来的很长一段时间里，赵七七梦里都在喊着：严离你丫的浑蛋！

开始几年，严离还会和赵七七打电话，寒暑假的时候也会来看她，赵七七看着严离从光着屁股的小毛孩长成了一个是女人看到都要回头看几眼的美少年。直到赵七七上大学那年开始，严离失踪了，再也没出现过，连说好不会变的手机号码都成了空号。

其实，昨天半夜的那个陌生电话，赵七七如果仔细地看几眼的话，就会发现，那是两年前被她一气之下彻底删除的熟悉号码。而刚才钻在桌子底下的时候，她一不小心按下了那个号码。

于是，现在，这个叫严离的浑蛋再次出现在赵七七面前，身后带着不下五十个持枪的人，个个脑门上都刻着“唯命是从”四个字。

赵七七突然就放心地笑了，因为她猛地想起来，严离家除了很有钱之外，还从事黑社会勾当。

很多年前严家的势力就已经遍布东南亚，严离跟赵七七吹牛的时候是这么说的：赵七七，如果说中国的黑道势力分成十份，那我家老头子手里最起码占了五份，我大哥手里最起码占了三份，剩下的那些人，十有八九我都是喊他们叔叔伯伯的。他很自豪地露出两颗虎牙说，赵七七，这就是我们严家。

“严离，你丫的浑蛋！”

赵七七对他吼了一句当作见面礼后，就仰面倒了下去，形象十分之难看。

赵七七醒过来的时候是在严离的私家别墅里。

赵七七睁开眼睛前，心里想的绝对是庄希的安危，但在睁开眼睛后，她脱口而出的就是一句：“哇，严离你真有钱！”

紧接着，赵七七环顾四周，发现除了严离和几个医护人员之外并不见庄希和沈竟容。

严离见赵七七醒了，让医护人员全撤了出去。

赵七七急忙问：“庄希呢？”

“赵七七你完了！”严离双手抱胸，坐在沙发里看着她，“梦里喊了几十遍庄希，你和他什么关系？”

赵七七的脸噌地就红了。

严离一脸奸笑：“哟，脸红了，我刚才胡扯呢，你睡得死猪似的，哪有说话。”他乐颠颠地跑过来，“快说说，你们什么关系？”

严家的下属们要是看到严离现在这副狗腿的样子，定会一个个脑袋冒汗。

赵七七瞪了他一眼：“你人间蒸发了那么久，我还以为你移民到火星去了。”

严离笑笑：“我昨天才知道你来了奥兰多，这不正打算跟你赔罪嘛。”

赵七七不说话。

严离有些急了：“赵七七你听我说，这几年老头子在考验我，实在抽不开身，我的所有通信工具全都被强行停用了，最近老头子看我表现不错，才重新给了我自主权的。”

赵七七知道严家内部是比较复杂，当下也不盘问严离了，只一个劲追问庄希的下落。

严离起初还打着马虎眼，最后认真道：“阿七啊，我劝你，喜欢谁都好，千万别喜欢那个人。”

在本市，势力最大的两个外籍人，就数庄希和严离，所以他们对对方的背景也都一清二楚。

赵七七不明白："庄希他怎么了？"

严离道："在国内的时候，老爷子就跟我说，A城有三家人绝对不要惹，排在第一的就是庄家。他们整个家族从政，庄希是庄老三庄仕宜的儿子，庄仕宜在庄家一直被他两个哥哥排挤，连带着庄希从小就不被待见的。他大伯庄仕儒在政界绝对算得上只手遮天的人物，他是舍不得自己两个亲儿子，所以才把庄希扔到美国来的。要不是为着家族中那些个乱七八糟的勾当，你以为他为什么会出现在美国？还有，你以为以他的背景要是没几两本事能活到现在？"

赵七七听得糊里糊涂的："你说他家世背景的意思是，我配不上他？"

严离一掌拍在她的脑袋上："蠢死了！你这种木鱼脑子，要是和庄希在一起，到最后指不定连怎么死的都不知道！"

赵七七讪讪答道："我还……没追到他。"

严离听得那是一个心中纠结地动山摇，恨铁不成钢啊！紧接着又是一巴掌拍在她脑门上："赵七七你够能耐啊！倒追的本事都有啊！"

赵七七被他打得眼泪哗哗："你下手轻点会死啊！我就是倒追了怎么着，我就是喜欢他，你有意见啊！"

严离见她这么一哭，心软了，语重心长道："赵七七，女人倒追男人，只有在一种情况下会成功，就是那个女人长得非常漂亮的同时，那个男人还是个花花肠子。先不说庄希到底是不是个花花肠子，光你这样子，第一个条件就不满足。"

赵七七有些失落，但是立马，失落的心情就烟消云散。

因为门外有严家的仆人提醒道："少爷，庄希少爷和一位姓沈的先生说要看望赵小姐。”

赵七七向严离露出一个小白兔似的纯洁无瑕的微笑，笑得严离都不忍心说她什么，只低声说了四个字：“自求多福。”

赵七七很少有什么愿望，也不去向这个世界索要些什么，其实是希望有一天当她真的想要得到什么的时候，可以满足一次，就一次。

她一直抱着这样的心理，所以即便把严离说的话都听进去了，却还是不会就此放弃庄希。说她幼稚也好愚蠢也好，反正她就是认定了，自己选择的这条路，爬着也要走到底，不管什么样的结果，她都接受。

可赵七七没有好好思考，一个叫“你情我愿”的词语。

为了庆祝赵七七顺利康复，几个朋友决定去通宵唱歌。

计划出席人员：

女：赵七七、李沁、杨洁怡、钟羽、徐菲。

男：庄希、严离、秦浩、周世杰、何麦、李天逸。

意外出现人员：马克。

因为杨洁怡的关系，赵七七和李沁最近都没有同徐菲有什么来往，但是李沁和秦浩现在正在你侬我侬的火热期，所以出来玩不可能不把他带上。秦浩一来，另外三个喜欢凑热闹的男生也来了，钟羽和徐菲自然也一起跟着，她们都明白女孩子心中那些细小的隔阂，不至于闹到颜面上来让几个男生难堪。

严离是个非常自来熟的家伙，很会带动气氛，一时间就闹成一锅粥，赵七七、李沁几个女生甚至都给男生们取了外号：秦浩是猥琐男，周世杰是骚包男、何麦是小处男、李天逸是幸福男。倒也很是默契地没有给庄希和严离贴上什么标签，主要是没那胆子。

上回大家一起唱歌的时候，赵七七逃掉了，这回众人逼着她一定要唱。赵七七没办法，只好扯着她五音不全的嗓子胡乱唱了首儿歌，众人笑得十分欢脱。

一曲毕，就连庄希都开起了玩笑，对赵七七笑说：“以后你要是恨一个人，就唱歌给他听吧。”

赵七七额头三滴汗，庄希竟然也会讲笑话？她发现，在上次的命悬一线事件之后，庄希对她似乎不那么生疏了，这个样子的庄希，很……可爱。

秦浩接着庄希的话说道：“怜花兄在《武林外史》里说，一个女人如果恨一个男人，最好就嫁给他，名正言顺逼他当牛做马赚钱给她花，从精神上肉体上折磨他。赵七七，你也甭唱歌了，直接嫁他得了！”

秦浩是开惯了玩笑的人，说完话还顺带瞟了眼庄希，众人连带着起哄。庄希能当作没听见，但赵七七不由得脸红了。

第一次喜欢一个人的时候，真的会觉得喜欢就是想和他一直在一起，喜欢就是想要努力嫁给他，不是为了逼他当牛做马赚钱给她花，更不是从精神上肉体上折磨他，甚至于……是想保护他。

赵七七看着庄希冷静的侧脸，想起上回严离说的那些话，这个人，其实是需要保护的吧。

包房里大家连着唱歌，闹腾得很，所以庄希对赵七七说话的时候就是嘴巴对着耳朵。

赵七七觉得耳朵上一阵热气，听见庄希说：“身体恢复得差不多了吧？”

赵七七点点头，有些小心翼翼地把头伸到他耳边：“只是虚惊一场而已，我是打不死的小强，现在一点事都没有了。”

她闻到庄希头发上的洗发水香味，十分近距离地看到他鼻翼上的小小绒毛，突然就觉得，这么嘈杂的地方，其实，也是很好很好的。

如此年少，可以通宵达旦，彻夜欢歌。

快到天亮的时候，众人都是意犹未尽，约好了下次再一起出来通宵。

这家娱乐城距离学校很近，一群人就打算晃回去，走到大街上的时候风还是有点冷，秦浩和李天逸都把女朋友搂在怀里。赵七七挽着杨洁怡，不知不觉就跟在了庄希后面。

不过庄希不是回学校，到前面路口就和他们分开了。

马克突然闹着要赵七七送他回宿舍，严离差点都要和他打起来，赵七七可不想让马克再出什么状况，只好说服了严离，说先送这个未成年孩子回去。

走到校门口，看周围没什么人了，马克突然伸手递给赵七七一样东西。

赵七七吓了一跳，那是一把黑色的手枪。

马克看着赵七七，郑重其事地说：“送给你，下次遇到危险的时候可以保护自己。”

赵七七忙不迭摇手，差点都要鞠躬了。

“谢谢你马克，真的非常谢谢，但是这东西我不会用也不敢用，你还是拿回去吧！”

马克很固执：“我知道在中国，公民不允许持枪，你回去的时候再把它给我。”

“不行，这太危险了。”

“你在庄希和严离身边才危险！”马克愤愤地看着赵七七，“我不管你喜欢他们之间的谁，反正这两个人我都很讨厌，我爷爷比我更讨厌！”

赵七七想到，似乎马克家和严离家干的是同一行勾当，瞬间一个激灵：“马克，上回袭击庄希的人，不会是……你爷爷派出的吧？”

马克直言不讳：“没错。不过你放心，我爷爷是拿了钱之后给人办事，一次失败就不会有第二次，他自己对那些中国人的内部斗争完全没兴趣。这把枪上有我们家族的族徽，万一有什么事情，我爷爷的下属见到这个是不会伤害你的。”

赵七七听他这么说，便把枪收下了。

“马克，庄希他……很危险吗？”

马克点点头：“所以我希望你离他远点，”但是紧接着他又摇了摇头，“我知道这么说也没有用，但是赵七七，我还有和他们公平竞争的机会对吧。”

赵七七看着这个充满朝气的金发少年，忽然温柔地笑起来：“马克，真的谢谢你，谢谢你的喜欢，但是我必须向你坦诚，我和严离是从小到大的好朋友，我们这辈子都只是朋友而已。而庄希……我喜欢他，真的非常非常喜欢他。”

这么多年来，赵七七喜欢过很多人，但从来没有一个人，她会在这个词前面加上“非常非常”。

马克看着她认真的样子，挠挠头问：“你爱他吗？”

赵七七摇摇头：“我还不知道爱情是什么样的一种感觉，

大概等我感觉到的时候，那才算得上是爱。”

“那至少现在还没有，”马克笑道，“所以我还有机会。”他向赵七七摆摆手，“谢谢你送我回来，明天见。”

赵七七也向他挥挥手：“明天见。”

庄希独自回到公寓。

开门、进屋、换鞋，走去沙发上躺下。

在回来的路上，他脑海中多次出现了一个以前不曾出现过，或者即使出现也只是一笑而过的人：赵七七。

他知道自己和那个看上去有些傻又有些自以为是和自欺欺人的女孩子肯定是不合适的，但是为什么这个人会这么频繁地出现在自己的脑海里？以朋友的关系相处，好像只是一种拒绝的推脱与借口。要用最直接的方式把她推开吗？似乎……不忍心啊。

庄希给自己倒了杯水，喝完之后就在沙发上睡了。

几个小时后，他的手机响了，有朋友找他去打篮球，地点就在学校的操场，他说好。

他的娱乐活动其实很少，喜欢的事情很单一，除了偶尔唱唱歌就是打篮球，从中学时候起就喜欢学校的操场，觉得那是全世界最干净无杂质的地方。

挂完电话之后，他发现手机上还有条短信，是赵七七发来的。

“庄希小朋友，一起吃晚饭吧？”

庄希笑笑，回过去：“好的，不过我要先去打篮球，可能会很晚。”

赵七七很快就回过来一条：“没关系，我们等你哈。”

“我们。”庄希噙着抹笑，果然，到底是拉不下脸的女孩子啊。

但是就在庄希欣然发现赵七七其实还是有点矜持的时候，手机短信又来了。

“我下午没课也没工作，去看你打篮球好不好？”

庄希无奈，想了想，还是大方地把地点发了过去。

小时光。

赵七七做了十杯自己发明的特质奶茶，拎着个大袋子就往学校的操场走去，想到马上就要见到庄希，心情十分好。

罗拉今天的心情也十分之好，说要和赵七七一起去。

“我很想知道，那个比我弟弟早一步的家伙到底长什么样子。”她虽然也是史密斯家族的人，但一直醉心于母亲讲述的中国文化，对家族的其他事业漠不关心，自然不会知道庄希长什么样。

赵七七对罗拉一直抱有好感，也不会觉得因为马克而尴尬，便和她一起去了。

今天天气有些冷，不过篮球场上人还是很多，赵七七很容易就找到了庄希，他正和几个她不认识的中国人打篮球，十分专注，没有看到自己。

赵七七和罗拉在一边找了两个座位坐下，手撑着头，专心致志地看庄希打篮球。

罗拉一点点分析：

“他擅长投篮。”

"他和队员配合很好。"

"那个红衣服的队员速度最快。"

"他不太喜欢对方穿格子外套的那个人。"

"……"

"……"

"……"

赵七七喝着奶茶自言自语："我竟然开始做一些初中女孩子才会做的事情。"

罗拉说道："十二分钟四十八秒，他终于看到你了。"

赵七七朝场中看去，庄希果然正在往这个方向走过来。

他今天穿了件白底绿边的短袖T恤和运动长裤，年纪显得小了一些，不似之前那么成熟、意气张扬的模样。

正好中场休息，庄希很是大度地把赵七七介绍给在场的队友们，说这是自己的朋友，并把带来的奶茶分给他们。

赵七七看着众人略带诧异和探究的目光，只是低着头，脸上微微有点烫。

庄希不是个话多的人，赵七七也就咬着吸管不说话，倒是罗拉，在一边和熟识的人高谈阔论着。

赵七七开始没话找话地说："你们刚才赢了对方很多，很厉害啊！"

"我们队配合比较好。"

"我看到你进了好几个球。"

"我只是投篮比较准而已，别的任何能力，我都是队里最弱的。"

"那也已经很厉害了。"

“冷不冷？”庄希问赵七七。

赵七七回神：“啊？”

一抬头，看见操场上吹起几片落叶。

“哦，不冷，不冷。”

罗拉说：“哪有不冷啊，我看你胳膊都发抖了，你叫庄希是吧？还不快点把外套给七七？”

庄希手里是拿着件深咖色的薄牛皮外套，递给赵七七：“拿着。”

正好下半场开场，庄希说完话就转过身往球场跑去。

赵七七抱着庄希的外套，不敢单手拎、不敢放地上，就这么双手捧着，像是抱着什么十分重要的东西。

罗拉用胳膊捅捅她：“穿上啊。”

赵七七摇摇头，固执地抱着。她闻到衣服上那股只属于庄希的味道，忽而觉得安心，忽而又觉得失落。她知道这只是很平常的朋友之间的关心，但还是感动得有些傻愣愣的，这种感动，用受宠若惊也不为过，要不她怎么会傻傻地抱着衣服，觉得连多晃一下都是不可以的？

罗拉坐了会儿后说有事要走，临走时，她对庄希下了个评语：“是个很会为人着想的人。”

“怎么说？”

“他篮球打得好，却把功劳都放到队友身上，这点很让人欣赏。”罗拉看着赵七七抱着的衣服，“还有这个，虽然你都不肯穿。”

赵七七只是微微一笑。

庄希打完球已经很晚了，满身大汗地跑过来，有些歉意地看着赵七七："我觉得，要先回去洗个澡。"

"好。"

"你要是不介意的话，去我住的地方等一下吧。"

"当然不介意！"赵七七说完马上低下头，暗骂：赵七七你个傻×！用得着表现得这么明显？

六/我知道我很好

赵七七喜欢叫庄希小朋友。

李沁说，不要叫一个男人小朋友。

无奈，赵七七是因为很喜欢一个人，才会叫他小朋友。意思就是，在我面前你可以像孩子一样肆无忌惮，意思就是，很莫名地就是想要对你好。

今天看他们打篮球，赵七七很开心，好像回到了中学时候，那会儿也爱看男生们在操场上打篮球，对其他的运动倒是没有什么好感。

到了庄希的公寓，赵七七有些紧张，庄希直接进了卫生间，让赵七七随意。

随意……随意……赵七七在客厅里晃啊晃，看到庄希的卧室门开着，很想偷偷瞟一眼。

算了，什么偷偷，门明明是开着的，就是光明正大看一眼！于是赵七七就偷偷地光明正大看了看。嗯，很简单、很干净，不过……庄希小朋友，你的床铺为什么要像女孩子的一样是粉色的呢？

庄希洗完澡换好衣服出来，看到赵七七正盯着他书桌上的照片看。

他一边拿毛巾擦头发一边对赵七七说：“这是我妈妈。”

赵七七点点头：“好漂亮！”这是由衷的赞美，照片上的女人的确很美。

庄希说：“离开很久了。”

赵七七一惊，随即道歉：“对不起。”

“有什么好对不起的？”

“不该让你想起不开心的事。”

庄希说：“没有不开心，这是世界上最爱我的人，想到她的时候，怎么能不开心？”他突然笑起来，“你大概是误会了，我说的‘离开’，是指，她和我爸爸离婚了。”

“噢噢，”赵七七摸摸脑袋，“我还以为……呸呸呸，我脑子不太好使啊。”

庄希擦完头发，放好毛巾之后，问赵七七：“想去哪里吃东西？”

赵七七说：“我随便啊。”

“要不还是上回那家？”

“好。”

如果换作几年前，庄希或许会接受赵七七。

那得是多少年前？庄希自己都不记得了，起码那个时候，他还是相信爱情的。但是现在，他不相信，不敢相信，也不愿相信。

庄家是大族，上一辈三支，他这一支是最最被人忽略的。但是这没关系，庄希不在乎，他的父亲庄仕宜也不在乎，因为当时世界上最美最温柔的女人就在他们身边，那是庄仕宜的妻子、庄希的母亲。

然而所有抛夫弃子的故事都相似，所以庄希小时候在家里看电视，看到《风云雄霸天下》里颜盈离开聂风的那一段，猛地就拿起手边的花瓶砸向电视机里那个武林第一美女。

庄希对电视机里的人十分下得了手，但面对自己的母亲是绝对做不到的，所以他只有在父亲日复一日的消沉中慢慢习惯这个越来越旁若无人的世界。

直到有一天，大伯庄仕儒来找他，提出要求，许诺好处。

庄希觉得自己总得做点什么，于是答应庄仕儒来了美国，卷入那些他本就厌恶的、这个世界上绝大多数人都看不到的黑色旋涡中。

之前谢小北和庄希开玩笑，打趣没见过他有过女朋友的时候，庄希脸上其实有过一丝苦笑，他告诉自己，不能相信爱情，绝对不能。

“喂，你在想什么啊？”赵七七很没礼貌地用筷子敲了敲庄希的碗，“我都问了你三遍了！”

庄希回过神：“什么？”

赵七七咳嗽两声，说：“你要不要考虑一下……我之前说的……那个事。”后半句，几乎都没声了，“我脸皮是挺厚的，但也有个限度，你就给个答案吧。”

庄希看着赵七七：“你很好，真的，如果早些时候的话，我会接受你的。”

赵七七笑笑：“我知道我很好。”

庄希没想到她这么直接，简直没脸没皮，有些愣了愣，不知道怎么往下说。

有句歇斯底里的话叫——不要说我很好，我很好你为什么不要?

但是赵七七这会儿只是安安静静地用筷子戳戳碗里的五花肉，闷闷地发问：“庄希，你是不是有喜欢的人啊？”她说这话的时候，都没敢抬头。

庄希简单地说了一个字：“没。”

“哦。”赵七七把五花肉塞进嘴里，“这样的话……我会继续努力的！”

赵七七笑成了眯眯眼，庄希分明看到她眼睛里的水花扑闪扑闪的，一时间有些不忍。

庄希的笑容一直都是很礼貌的，可今天赵七七才发现，这礼貌之中，带着拒绝。他其实一直在拒绝她，只是选择的措辞比较委婉、比较不伤害她。这回赵七七见到了庄希眼里，那种犹犹豫豫的歉疚，这种歉疚，让她怎么看都觉得刺眼。

一阵沉默，两人自顾自吃饭。

等吃完东西，庄希说：“想去哪里吗？”

赵七七摇摇头：“附近我不熟。”

“那我带你去玩。”

赵七七一喜：“好啊。”

让赵七七大跌眼镜的是，庄希带她去了附近的游戏机房抓娃娃。

赵七七笑道：“原来你真的喜欢洋娃娃啊。”

庄希一脸黑线，不说话。

赵七七得寸进尺："你是不是像女孩子一样喜欢粉色啊？我怎么看见你连床单都是粉色的，好像还有可爱的小图案。"

庄希的脸色几乎可以用阴沉来形容。

看赵七七一脸打破沙锅问到底的样子，庄希说道："小时候，妈妈一直把我当女孩子养。"说完，脸上微微透红。

"你是……想你妈妈了？"赵七七伸出爪子、踮起脚，摸了摸庄希的脑袋，"没事的庄希。"

庄希在赵七七面前，又一次，不知道如何是好了。

庄希去服务台兑换了一堆硬币，赵七七屁颠屁颠跟着他去抓娃娃，她在国内的时候从来不会到这种游戏厅来玩，觉得这里就是不务正业人士的聚集地。这一次跟着庄希，却觉得无比开心。

庄希把硬币递给赵七七："你先来？"

赵七七摆手："还是你先吧，我没玩过。"

"这都没玩过？"

"就是没有。"

"抓哪个？"

"小猴子！"

"喂喂，不对！抓那个奶牛！"

"唉，你笨死了，明显就是偏了嘛！"

"不对啊，这样子……"

庄希就在赵七七的各种哀怨声中抓到了……0个娃娃。

赵七七一脸沮丧。

庄希笑道："继续玩？"

赵七七摇摇头："算了，不玩了，多浪费啊。"

庄希说："那我们回去吧。"

回去？就这么回去了？赵七七有些后悔了，她可是难得才能和庄希单独出来玩一次的。

庄希今天有些奇怪，时而有些发呆，时而又兴致很好的样子，和赵七七去地下商城买了零食，走在天桥的时候甚至还和她争论了一下旁边走过的那个外国女人的腿好不好看。

送赵七七回宿舍后，庄希回到了自己的公寓。

他今天其实很不开心，因为六年前的今天，是妈妈离开自己的那一天，他很想忘记这个日子，但是忘不了，越是不想记着，就越是记得深刻。

他洗完澡躺在床上，一直到晚上十一点都没有睡着。

随意拿起手机，他看到一条赵七七发来的短信："别不开心啦，事情都已经过去了，会好的，笑一个，咩！"

庄希对着手机无声地笑了，看一下时间，是两个小时前发来的。

这个时候那丫头应该睡着了吧？庄希抱着试试看的心态发了一条过去："谢谢，我没事的。"

赵七七今晚一个人在宿舍，李沁和男朋友出去了，预计不到明天中午回不来，杨洁怡今天中午得知祖父病逝的消息后，立刻就回国去了。

赵七七一个人在宿舍，上了会儿网，无聊着的时候算了下回国的时间，突然就觉得忧伤起来。她是来美国实习的，没几个月的时间就要回国了，而庄希，一时之间似乎还不准备回去的样子，那么照这种发展速度……赵七七叹了口气，或许，自己一开始的做法就是错误的?

她忧伤着忧伤着，还是给庄希发了条短信，等不到回复就爬床上睡了一觉，一觉醒来迷迷糊糊的时候听到手机响，赵七七看了看。

一条新信息，来自“庄希小朋友”。

赵七七回过去：“你这么晚还没睡啊。”

庄希说：“你不是也没睡。”

赵七七发了个笑脸：“我是夜间动物。”

“听杨洁怡说，你今天一个人在宿舍。”

什么？杨洁怡？庄希竟然和杨洁怡私下有联系?

赵七七心直口快地问了句：“是啊，杨洁怡为什么会和你说起啊？”

“她说作为你的好朋友，跟我说说你的情况。”

赵七七一惊，杨洁怡和她似乎不是很熟吧？心中忽然有种不是很好的预感，具体说不上来，就是觉得不大舒服。

“她怎么说来着？”

过了很久，庄希回道：“也没什么。我就是觉得很奇怪，你为什么会喜欢我？其实像马克那样帅气又开朗的，不是更适合做男朋友吗？”

赵七七看着这几行字，忽然就觉得憋屈了，泪水忍不住在眼眶里打转，这几行字意味着什么？怀疑？不信？难道她所有因他而起的悸动、热情、喜悦、悲伤……这些其实都是不值一提的?

赵七七第一次觉得自己受伤了，就因为这么一句不加掩饰的话语，她突然间勇气全无、不知所措。

“我睡了，晚安。”赵七七发了这句过去，蒙头便睡。

庄希似乎意识到自己的话语太过直白，又试着发了一条短信过去，对方却再也没有回应。

赵七七的手机再次响起来，这次是电话。

赵七七看着上面闪烁着的名字，擦干眼泪，接了。她这一瞬间特别恨自己不争气，为什么还是狠不下心不接他电话？

庄希问她：“你……是不是在生我的气？”

赵七七说：“没有啊。”一开口才发现自己喉咙沙哑。

庄希说：“哭了？”

“才没有！我这是给困得！”

“刚才还有人说自己是夜间动物。”

赵七七听着他的声音，忍不住泪水哗哗：“你这人说话就不能含蓄点！我怎么对你的你自己心里不清楚吗？那种问题问来有什么意义吗？我不管杨洁怡跟你说什么了，但是你凭什么就相信她啊？你凭什么来怀疑我啊！”

“我告诉你她说什么了吗？又哪有说相信她？”

赵七七气鼓鼓的：“我才不跟你绕弯弯，我困了，再见！”趁着睡意，她决定在庄希面前扳回一次颜面，不能每次都脸皮厚厚地贴上去。

正要挂电话，庄希在另一头笑道：“谁之前说要追我来着？赵七七你就是这么追我的啊？”

赵七七被他这话活生生一噎，噎得鼻涕眼泪都止住了：“我……我就这样追你的怎么着？三十六计你懂不懂？我先是一鸣惊人，然后要抛砖引玉、旁敲侧击，这会儿是欲擒故纵，随后还有敲山震虎、隔山打牛……”

庄希笑了，赵七七从没听他笑得那么……欢脱。

“赵七七，我真服了你了。”

赵七七说：“算是夸我吗？谢谢。”

“你饿不饿？”

啊？饿不饿？

赵七七一想：“睡了一觉还真挺饿的。”

“我给你送夜宵来？”

什么！赵七七噌地从床上坐起来，揉揉眼睛，确定自己真的没有听错。

心情在几秒钟内竟然诡异地发生了变化，从难过到喜悦，如此突然，她看了看时间，然后激情澎湃地、言语含蓄韵致地说了两个字：“……好啊。”

挂了电话，赵七七擦干眼泪，坐在桌子前发了一会儿呆。

她翻开桌上的单词书看单词，一边估算着时间，几乎每隔几秒钟都要看一眼手机。

明知道庄希要来的，但是听到敲门声的时候，赵七七还是突然从椅子上跳了起来。

她冲进卫生间再次照了照镜子，再把宿舍门拉开一条小缝隙，门外果真是庄希，手里拿着夜宵袋子和饮料。

“谢谢啊。”赵七七接过东西，然后就准备把门关上。

“喂，”庄希略显不满地用手挡住门，“你都不请我进去坐会儿啊？”

“噢噢。”赵七七忙把门打开，“请进请进。”

赵七七等庄希走进来之后关上门，把夜宵往桌上一放，突然意识到，自己的脑袋大概真的是被铁门夹过了，她现在穿的竟然是睡衣，睡衣！她之前竟然没有想到，人家给她送夜宵过来，自然不能送完就把人赶走。

于是现在，穿着睡衣模样滑稽的赵七七面对着头一回进女生宿舍颇好奇的庄希，几乎就是大眼瞪小眼。

庄希指指桌上："不是饿了吗？还不吃？"

赵七七终于找到了事儿做，忙坐到椅子上吃起来。

庄希不知道从哪里弄来的小笼包，味道很正，赵七七很久都没有吃到过小笼包，这下子吃得很是满足，趁着庄希在参观她们宿舍的时候，背对着他狼吞虎咽。

吃到还剩下两个小笼包的时候，庄希正好参观完她们的宿舍，总结出一句："比我想象中干净点。"

赵七七打了个饱嗝，尴尬地看了眼李沁挂在床头的、十分之惹眼的豹纹bra和小内。

"咳咳，我吃饱了，好好吃啊，你要不要尝尝？"

庄希笑笑，拎起赵七七刚才用过的筷子，把剩下两个小笼包吃了。

赵七七简直看傻眼了，那双……筷子……而庄希吃得若无其事。

吃完小笼包，收拾完毕，赵七七觉得两个人就这么干坐着很是尴尬，提议玩起了纸牌游戏，输掉的一方要答应另一方做一件事。巧合的是，几乎每次赢的都是赵七七，但是她实在不知道让庄希去做什么，于是就欠着。

欠到第三次的时候，庄希说玩不下去了，太无聊。让赵七七没想到的是，原本坐在赵七七床沿的庄希，竟然直接翻身一倒，和衣睡下了。

“我困了，睡一觉。”

赵七七揉揉额头，以为自己是在做梦。

那一刻，赵七七坐在李沁的床上，看着对面她喜欢的男孩子就这么大大咧咧睡在自己的床上。她觉得有些恍惚，但又并不觉得这有什么有悖常理或者惊世骇俗的，她只是觉得世界一下了变得好安静。

赵七七站起来，去卫生间洗了衣服，然后端着脸盆去阳台，把衣服一件件晾好。

夜深人静，真的是夜深人静。

之后很长的一段时间，赵七七都有些局促，站在阳台上吹了很久的风，就是不进房间。

她觉得自己应该像武侠电视里行侠仗义的君子一样，绝不乘人之危，这种时候，就应该站在门口。

她又想起刚才庄希还欠着自己三件事，看着月亮傻笑起来。她记得十分清楚，赵敏也曾让张无忌为她做三件事。第一，借屠龙刀看三个时辰；第二，不得与周芷若拜堂成亲；第三，叫张无忌帮她画眉一生。

金庸笔下的姑娘，赵七七最心疼的是阿秀，最倾慕的是龙儿，而最喜欢的却是赵敏。今天这敏敏又成了她最羡慕的人。

可转念一想，赵七七又笑不出来了，虽说庄希现在也欠她三件事，但她却不知道要他做些什么。

想了很久，最后赵七七还是鬼使神差地走进了宿舍。

庄希睡得很是安稳，盖着被子一角，细长的睫毛覆着眼睛，在光灯下显得尤其温和。

赵七七收拾完东西，顺势往李沁床上躺下，却又突然想起自己睡衣上洗涤剂的香味有些重，要是躺在李沁床上，她肯定一回来就会闻到。

赵七七叹一口气，站起来，看着庄希道："放心，我肯定不会占你便宜。"然后她轻手轻脚地爬到自己床上，在庄希身边躺下。

睡吧睡吧，赵七七命令自己。

然而两个人睡一张单人床毕竟比较拥挤，赵七七躺着很不舒服，干脆翻了个身，背对着庄希。

这一下把原本就没有睡着的庄希给吵醒了。

"生气了？"庄希问。

赵七七说："没。"

"你为什么不问上回那些持枪的人是怎么回事？"

"我看你没有想要告诉我的意思啊。"

庄希笑了笑。

赵七七本想着，不管三七二十一，蒙头便睡，反正这是我的床，但庄希却跟她说起话来。

"赵七，我今天其实很不开心。"

赵七七也不管庄希为什么要吃掉她名字里的一个字，问道："怎么不开心？"

"我一直把今天当作世界末日来过，我妈妈就是在几年前的今天离开家的，我很想忘记，但是忘不了。对不起，我不是想欺负你，就是想找个地方好好睡一觉，这会儿我就当你是个好朋友，性别什么的都没关系。"

赵七七本想安慰几句，但一听最后一句，人家都不当自己是女人了，她不由得悲从中来，但还是保持了沉默，蒙上被子，睡了。

于是，在这个与性别无关的夜里，赵七七和庄希在一个枕头上睡着了。由此造成的一个严重后果是——赵七七落枕了。

早上八点的时候，庄希就被赵七七吵醒，睡眼蒙眬地看着赵七七发起床气。

赵七七自己肩膀酸，一怒之下一拳头往庄希肩膀上打过去。庄希被这一拳头给彻底打醒了，好脾气地给赵七七揉了揉肩膀。

“赵七，我提醒你件事情。”

“嗯？”

“不要和杨洁怡走太近。”

“为什么？”

“记住就行了。”

赵七七回忆了庄希昨晚的几句话——

“听杨洁怡说你今天一个人在宿舍。”

“她说作为你的好朋友，跟我说说你的情况。”

“也没什么。我就是觉得很奇怪，你为什么会喜欢我？其实像马克那样帅气又开朗的，不是更适合做男朋友吗？”

再想想杨洁怡之前的种种迹象，赵七七觉得她大概知道是怎么回事了。

庄希今天话特别地多，隔了会儿又道：“能不能问你一个问题？”

“嗯，问吧。”

“你喜欢我什么？”

“看着比较顺眼吧。”

“你想嫁给我吗？”

赵七七显然没有反应过来。

“我干吗要……”她脱口而出，却又生生打住了，“你为什么问这个？”

这算是什么乱七八糟的问题？

“好奇。想，还是不想？”

“那你想娶我吗？”赵七七找到了个反击的问题，很是沾沾自喜。

不料，庄希就是在等她这句话。

“我不想跟你结婚。”

赵七七笑了，虽然笑得很不好看，但也没关系，反正庄希看不到。

“莎士比亚说过，所有不以结婚为目的的恋爱都是耍流氓。”赵七七咂咂嘴，“所以，这个话题还是到此为止吧。”

自讨苦吃，何必，何必。

“庄希，我让你讨厌了，是不是？”

“没有。”

庄希说了一句，见赵七七没再说话，他伸出手想拍拍她，但最终他的手还是在半空中停顿了几秒，然后慢慢垂下。

他问自己：庄希，你到底要干什么？

七/欠你一筐黄瓜

庄希走后，赵七七就开始等李沁回来，其间马克约她出去玩她拒绝了，沈竟容说为表歉意请她吃饭她也拒绝了。

快到晚上的时候，李沁才回来。

赵七七坐在书桌旁。

“李沁，你觉得杨洁怡这人怎么样？”

这是赵七七头一回这么严肃地和李沁说起杨洁怡。

李沁一愣：“小七，你知道什么了？”

赵七七听她这么问话，更加断定是有什么自己不知道的内幕了，严肃道：“李沁，我一直当你是朋友、好朋友。”

李沁有些急了：“你说什么呀小七，我又没干什么。”

“说实话，杨洁怡和庄希说过什么，我要听实话！”

“杨洁怡跟我说过，其实她……她……”李沁一咬牙，说，“她中学时候和庄希是一个年级的同学，庄希虽然不认识她，但她却是在国内的时候就已经喜欢庄希了，甚至就是为了他才会来美国的！”

赵七七听完，有些傻愣愣的，低声道：“你怎么不早告诉我呢？要是早说的话……我也就……也就不会这样了。”

赵七七一直认为凡事得有个先来后到，这种夺人所好的行为，绝对是她引以为耻的，而现在她这么做了，虽然是在不知情的状况下。

“我是不是该和杨洁怡道歉？”

李沁似是猜到她在想什么，劝道：“小七，感情的事情又不是行侠仗义，没有什么君子小人，对于庄希而言，杨洁怡从来就是个陌生人，你凭什么就不能追他了？”

赵七七摇摇头：“我突然觉得好混乱，庄希知道吗？知道的话他会怎么看我？杨洁怡又会怎么看我？”

“你管别人做什么？你这种没谈过恋爱的人就是麻烦，我是过来人，我可以很明确地告诉你，真正喜欢一个人，或者说爱一个人的话，那只是你们两个人的事情，和任何身边的人都没有关系，你别去想那些有的没的。”

赵七七喃喃道：“你知道吗……”她抬起头看着李沁，“我和庄希昨天睡在一张床上。”

“什么！”李沁大惊之下突然就笑了起来，“看不出啊你们！这么快！”

赵七七忙解释：“你别误会，我们什么也没有发生，他跟我说，只是想有个朋友陪在身边，和性别没有关系。”

“这事倒是挺新鲜的，小七你确定庄希……没什么问题？”李沁问。

“不是这个！说白了就是，在他眼里，我是男是女都一样，他只是把我当普通朋友，也就是说，我跟他真的没有可能！”赵七七又解释。

李沁缓缓点了点头：“我大概听懂了。”

“所以，我决定放弃了。”赵七七说出“放弃”两个字的时候，眼睛红了，然后就忍不住掉了眼泪，然后就一发不可收拾，哭得稀里哗啦。

“李沁，我不开心，他不知道，他一点都不知道我有多喜欢他，我长这么大从来没有这样喜欢过一个人。我好希望自己可以不喜欢他，但我不知道要怎么做。我对他好的时候是那么不遗余力，但是当我希望他也能相应地对我好一点的时候，却觉得那么筋疲力尽、那么声嘶力竭。”赵七七的眼泪不住地往下掉，她觉得委屈，她不知道为什么那个叫庄希的人一出现，就颠覆了自己二十年来对爱情的所有幻想。

“这只是正常的荷尔蒙发散现象，过阵子就好了，哈。”李沁搂着她的肩膀，“我第一次喜欢一个人的时候，也很用心，和他分手的那天，哭了一整个晚上。但这又能怎么样？小七，不值得，真的不值得，其实大家一早就看出庄希不喜欢你、也不会喜欢你，没有什么为什么，你们俩就是给不了人那种感觉。”

“那你不早告诉我？”

“我早告诉你了你会听我的吗？”

赵七七想想，点点头。

“哭吧，哭完了就没事了。”

赵七七吸吸鼻子：“李沁，我欠你一筐黄瓜。”

李沁一愣：“什么？黄瓜？”

“对啊，我之前不是还跟你打赌来着，追不上庄希，我就给你一筐黄瓜。”

李沁满脸黑线，不过这个时候也只能顺着赵七七的话说：

“对，我想起来了，你先欠着好了，不急。”

“那你现在能不能陪我做件事儿？”

李沁有那么点紧张：“你要想杀人放火来发泄的话，我可不敢啊……”

“我们去喝酒！”

李沁立马笑眯眯：“喝酒？”

“对！”

李沁的嘴角弯起一抹弧度：“就你那破酒量？”

“我从来就没有喝醉过！这次一定要试试看喝醉了是什么感觉！”

李沁摇摇头道：“喝醉了的感觉很不好，以为自己会醉了之后什么都不知道，其实思想却是清醒的，清醒得不得了！就是身体难受，难受到你想哭又不想哭……”

赵七七笑得双眼微微眯起，带着几分纯洁几分真挚，道：“其实我去过酒吧，去看别人的醉生梦死，为了确认自己是清醒的。后来发现他们麻痹的只是身体，而我呢，好像整个精神世界都混沌了。”

“所以你想试试麻痹身体的感觉？”

“嗯。”

“好，我们走吧。”

李沁说着拉起赵七七，背上包就出了门。

校门外正好停着辆出租车，李沁手一挥：“送我们去Friday。”

这是赵七七第二次来Friday。

她以前一喝酒就头晕，从来不敢多喝，更是没有醉过，这次很想尝试醉酒的感觉，于是一进去就拉着李沁买酒喝。

几杯酒下去，赵七七觉得胃里渐渐起火，四周是震耳欲聋的音乐、肆意撒欢的人群，她却没有任何玩耍的心情，一不小心又想到庄希。曾以为自己也算是个骄傲的人，豁达地认为人生在世大抵也就是一宿三餐，没有什么能让她摧眉折腰的，但喜欢上庄希后，却发现逐渐地把自己摆到很低的位置。真的是很低很低，都快要低到尘埃里了。就好像张爱玲说的，“见了他，她变得很低很低，低到尘埃里，但她心里是欢喜的，从尘埃里开出花来”。

真的是欢喜的吗？

赵七七想了想，觉得应该是欢喜多一点的。因为欢喜和伤心总是成正比的，在认识庄希之前，她或许不会这么难过，但也不会有和他在一起时的那种开心。她应该是要感谢他的，感谢他的出现，给她原本平淡到几乎没有波澜的生活增添了很多意想不到的起伏。

在这样一个年纪，喜欢上一个人——没有任何缘由、不带任何杂质，这本身，就是一件值得高兴的事情。

赵七七看着前方时而耀眼时而暗沉的灯火，眯起眼睛笑了，自言自语地喃喃：“这些都是没有什么大不了的。我喜欢他，只因为我喜欢他，也仅仅是我喜欢他。如一颗种子深埋尘下，只有我会在意它开不开花。”她喝了一大口酒，“干杯！为了我的勇敢和青春！”

一大口酒灌下去，呛得赵七七眼泪又哗哗流出来。

是谁说的女追男隔层纱？

有没有人告诉你，其实女追男，隔了十八座山？

而翻山越岭，披荆斩棘的，不一定是王子，也有可能是赵七七。

赵七七想起严离说过的话："女人倒追男人，只有在一种情况下会成功，就是那个女人长得非常漂亮的同时，那个男人还是个花花肠子。"

她当然知道自己没有长得很好看，更知道庄希不是个花花肠子，非但不是，因为他妈妈的缘故，他压根就不相信爱情！

但是赵七七相信，坚信，什么矢志不渝，什么情比金坚，什么郭靖黄蓉，什么杨过小龙女……有的，一定有的，只是自己没有遇到而已。

世界上有没有什么事情，比爱上一个不相信爱情的人，更加不幸呢。

确实如李沁说的，虽然喝了不少酒，头脑却还是清醒的，就是控制不住自己的情绪，一会儿哭一会儿笑的，哭着笑着发现旁边的位置上李沁不见了，多了个男人。那男人她还认识，准确来说是个男孩。

赵七七凑过去仔细看了看，确定自己没有认错："马克，你怎么也在这里？"

马克一个激动："你终于看到我了!"

她喝得有点晕了，不再说话，只是坐在那里静静地看向马克。马克说道："你要不要找你的同学？她去舞池里跳舞了，叫我在这儿看着你的。"

赵七七摇摇头："我在这儿等她。"

"那你可不知道要等多久了，你那朋友玩起来可真疯，"

马克说着提议，“要不我们先出去？这里实在太闹了！”

赵七七还是摇头。

马克苦笑：“你该不会是不相信我吧？”

赵七七见被他猜了个七八分，歪着头轻轻一笑：“你想太多了。”一瞬间的光亮，大片强光照在赵七七的侧脸上，白皙的肌肤近乎透明。

马克看得有些呆滞，半晌才抬起了眼睛，不经意间看到赵七七的眼睛里有灿烂的水珠，不过略微带着凉意。

“七……”

马克低低叫了一声，太轻，淹没在人声和乐声之中。

他又不知道该说些什么，看着醉得眼神温柔的赵七七，陷入了沉默。

他不知道这个东方来的女孩子是如何吸引到他的，只是这一瞬间，如果赵七七愿意的话，他真的想拉着她的手一路把她带回家，告诉家里德高望重的爷爷和所有长辈，这个女孩，我要和她结婚。

他想起很小的时候，在爷爷书房里看到的那张照片，照片里黑发飘逸的东方女人站在游艇的露台上，后方是一大片广阔的海域，上方是无尽的夜色。他问爷爷，为什么这个人和我们长得不一样。爷爷说，她来自东方一个遥远而神秘的国度。

后来马克长大了，知道那是爷爷年轻时候爱过的人，最终却因为祖母的缘故放弃了这段爱情。因为爷爷的喜爱，马克的整个家族都十分崇尚中国文化，甚至连马克的母亲都是个华人。马克没有对赵七七说过，他第一次在超市里看见她时就有种奇怪的感觉，仿佛，世界的某个角落，出现了一个缺口。

现在，马克看着在灯光与乐声中缓缓摇头晃脑的赵七七，终于明白那个缺口意味着什么。他有点恐惧，似乎又回到了小时候，那张照片，那个女人，还有她身后的天空和海水，海水就是从那个缺口中汹涌而来，他好像一下子就要被吞噬尽了。

李沁在舞池里跳得正开心时，有人把她叫到了酒吧门口。

在门口等她的是杨洁怡和庄希。

杨洁怡急急道："李沁，抱歉，我回来找不到你们，担心你们会出事，所以就打了庄希的电话……我不知道你们是出来玩的……"

李沁本就是个精明的人，听杨洁怡这么一说，自己再把来龙去脉一想，心中顿时就明了了。

往里走的时候，趁着走在前面的庄希不注意，李沁忍不住就说道："洁怡，下次你想见庄希的话，不用找这种借口，我在门口留了字条说我陪七七出去喝酒了，你明知道这种情况下她绝对不愿意见到庄希！"

杨洁怡一愣："李沁，我……"

"你想说什么？说你没看到字条？说你什么都不知道？说你很无辜？你当初为什么搬到我们宿舍来别以为我不知道，你要做什么都随便，但如果你利用或者伤害了七七，我不会放过你的！"

李沁喝了酒，口气有点冲，杨洁怡一听也不舒服了，冷声道："呵，你以为有秦浩给你撑腰你就什么都不怕了？李沁我告诉你，秦浩可并不只有你一个女朋友！"

这么一来二去，李沁是彻底火了，怒极反笑：“那又怎么样？反正怎么着也轮不到你！”

李沁说完往前走去，不再理会杨洁怡。

“马克！”

感觉到肩膀被人拍了一下，马克回过头，看到李沁，还有她身后站着的一男一女。

李沁说道：“马克，谢谢你了。”言下之意，我来了，你可以走了。

“不客气。”马克笑笑，转身走开，有些落寞和无奈。

马克走后，看到醉倒在桌子上的赵七七，杨洁怡显得有些尴尬。

李沁倒是无所谓地笑笑：“来都来了，一起喝一杯？”说着她把酒杯递给杨洁怡，又似笑非笑地看着庄希，“这么快就能找到我们，看来你的势力真的不小。”

庄希只是面无表情地看了看她，又看看赵七七。

在他的视线里，赵七七的大半个身体都已经陷在后面的黑暗之中，就留着趴在桌子上的上半身，还有几绺泡过酒水的头发。他径直找了个离赵七七最近的位置坐下了。

赵七七发了会儿酒疯，咋咋呼呼嚷嚷半天，模模糊糊间看到李沁回来了，又看到有个长得很像庄希的人在旁边坐下。

乖乖，怎么晕头晕脑的就见着庄希了？赵七七嘿嘿一笑，看来喝醉了也挺好，看眼前这人，这眼睛鼻子的，活脱脱就是庄希嘛！

赵七七决定趁机调戏一下。

“庄希，我真的很喜欢你，你信吗？”

对方回答她：“我信。”

“我那么喜欢你，你也喜欢我一下，好不好？”

然后，没等对方回答，赵七七抱着酒瓶子傻傻地笑了。

再然后……赵七七睡了过去。

“庄希，我真的很喜欢你，你信吗？”

“我信。”

赵七七睡梦中一个激灵，醒了。

一觉醒来，酒也醒了。

“我睡了多久？”

“两个小时。”

两个小时……赵七七揉揉脑袋……不对啊！回答她的是……庄希！庄希怎么在这里！还有杨洁怡！她竟然和李沁喝饱了在边上你一言我一语地发着酒疯。

“庄庄庄庄……庄希。”

庄希笑了笑：“赵赵赵赵……七七，你醒得挺快啊。”

赵七七点点头：“是啊，我一向醒得很快！”

“那想办法把这两个带出去吧。”

赵七七一看歪头歪脑的那两位：“哦，好！”

赵七七和庄希分别拉扯着李沁和杨洁怡出了Friday。

那得是多么尴尬的一个局面啊……赵七七不敢面对庄希，他一定知道自己是因为什么原因喝成这样。太丢人了！太丢人了！真恨不得现在就让庄希走开，但她心里其实莫名难过，不知道该怎么办。再一想，这一切根本就不关庄希的事，都是她自找的。她一开始或许并不觉得这个人有多好，只是喜欢他身上那种说不出的气质，但是后来……到现在看到他一言不发闷闷地忍受着李沁的拳打脚踢，赵七七就觉着，庄希其实真的是挺好一人。

本想着把她们带回学校宿舍，但这副样子回去着实难看了点，于是就近找了个旅馆把她们拖进去。

杨洁怡借着酒疯不肯走，庄希就背着她。李沁糊里糊涂就知道打人，倒是还会认人，遭殃的基本都是庄希。

庄希辛辛苦苦把这两个女人带到房间里，再由赵七七把她们扔到床上，完事之后赵七七累得趴在沙发上。

庄希一副若无其事的样子，带着些倦意，低低道："你也休息一下吧，我出去买点水喝。"

门一关，赵七七在沙发上躺了会儿，看着熟睡后四仰八叉的李沁和杨洁怡，心中百味陈杂。

很累，但是睡不着。

她看着时间一分一秒过去，大约有二十分钟了，庄希还没有回来。

他走之前是怎么说来着？买水喝？为什么这么久都不回来？再一想，赵七七笑了，她们三个女孩子躺在房间里，他当然是找个借口出去了，怎么会和她们共处一室？但是现在是午夜，他会去哪里？会不会冷？会不会遇到什么危险？

赵七七给自己找了几个完全称不上借口的借口，然后就出去找庄希。

赵七七走出房间，顺延着楼梯往下，出了旅店大门，走过一条小道，还是没有看到庄希。前面就是大马路，往左转？还是往右转？赵七七心里只想着，她一定要找到庄希，如果今天找不到他，如果今天不能向他说清楚某些问题，她直觉他们以后会一直尴尬下去，甚至做普通朋友都难。她不想失去这个朋友，十分不想。

赵七七选择了往左走，因为左边的路口有一家肯德基。

她和庄希各方面爱好差之千里，唯一相同的是，都喜欢吃肯德基。

转弯的路口，赵七七看到一个身影站在那里，手里拿着杯不知道是可乐还是雪碧的饮料在喝。

庄希就那么看着前面空空荡荡的马路，沉默地喝着饮料，赵七七甚至都联想到他手中的饮料是放了冰块的。

这夜有风，很冷。

赵七七站在原地看了庄希好几秒，突然又涌起那种莫名的心疼。她不知道当经常性地心疼一个人的时候，意味着什么。

赵七七，你完了。她在心里对自己说。

想要靠近，不敢靠近，想要离开，舍不得离开。

直到庄希不经意转头的时候看到了她。

赵七七走了过去，装作若无其事的样子。

“你怎么站在这里？”

“等车。”

赵七七一愣：“等车？这个时候……这里哪儿来的车？”

庄希沉默了会儿，突然就地坐了下来，转过头看着赵七七，拍了拍身边的台阶：“过来坐会儿吧。”

赵七七“哦”了一声，走过去坐下。

“你真不该来。”赵七七说。

庄希苦笑：“要不就别告诉我，我都知道了怎么可能不来找你们。”

“那也不是我和李沁叫你来的。”

“是，我自找的。”

赵七七不说话了，觉得二人独处的时候，说不上的尴尬，她低头摆弄着自己的鞋带，松开，系上；再松开，再系上……

冰冷的石阶，没过多久赵七七就不自觉地缩了缩脖子，看着同样在缩脖子的庄希，突然就笑了起来。

“要不我们起来走走？”

“好。”

庄希走在前面，赵七七向来是没什么主见跟着人乱走的性子，也不和他并排，小心翼翼跟在庄希后面。

庄希突然说：“我们来讲讲小时候的事情吧。”

赵七七点头：“好啊。”

庄希于是信口说起：“我小时候特别调皮，经常和人打架，我妈妈经常被我气到，有一回我一个人在家想吃冷饮，但是冰箱门又够不到，我就踩着椅子爬到了冰箱上面。刚打开冰箱门，我妈妈就回来了，吓得我立马就从椅子上摔了下来。”

“啊！”

“没什么大事，就是在医院里折腾了一段时间。”

“是不是从此之后就恨上吃冷饮了？”

“那也不至于。”

“我小时候也贪玩，进幼儿园第一天就和小男生打架，还被老师罚站。”

庄希笑道：“难怪。”

“难怪什么？”

“手脚灵活。”

“你在笑话我不像女孩子？我可告诉你，我在中国的时候学过针线的！”

“哦？”

“我还给小学生做过家教！”

庄希很适时地表扬她：“那倒是要刮目相看了。”

“不过我没把他教育好，唉，你是无法想象，现在的小孩子多可怕呀……”

“你还好意思说人家是小孩子，我第一眼看见你的时候，还觉得你是小孩子呢？”

“我怎么了呀？”

“小矮子呗，我在这边待久了，习惯了这边人的正常身高，乍一看到你，就觉得像……像个未发育的小朋友！”

“你才小朋友呢！”赵七七说着毫不犹豫地一拳朝着庄希打了过去。

这是她第一次明白庄希那天对她的笑容是为何意，原来庄希在第一次见到她的时候，只是把她当成一个小孩子。

“我隐含意是在夸你够傻够天真……哎，你还打啊，我还手了！”

夜风习习，赵七七双手背在身后，永远和庄希保持着一两拳的距离，两人就这么喋喋不休着，说着漫无边际的话，走过长长的街。

很久以后，赵七七再次和人走过这里的时候，心中百味杂陈。她总会不由自主地告诉身边的人，这条路是她和庄希一起走过的，那个时候，她对未来一无所知。

八/万圣节

又是一个天黑天亮过去。

晨露微曦，庄希看着赵七七，笑容真诚："谢谢你。"

"不用谢。"赵七七笑笑。

一夜未眠，两个人的脸色都不太好，但是庄希看着赵七七的黑眼袋，突然发现，这姑娘还是挺好看的，随之冷不丁地冒出一句："没早些时候认识你，真挺可惜的。"

赵七七听到这句话，忽地敛起了笑容。

"是啊，挺可惜的。"

这个时候，她多想潇洒利落地转身离开，但是不能，她知道自己如果这样一走，他们今后或许连朋友也做不成了。赵七七舍不得。

赵七七故作轻松道："庄希，你真的喜欢吃肯德基的外带全家桶吗？"

庄希回想起来他们第一次见面的时候，知道自己当时说的话让她误解了，认真道："我那时候就是实话实说，绝对没有开你玩笑的意思。"

赵七七点点头，心道：庄希，你知不知道，当时就是你的那句话，在我心里掀起了惊涛骇浪，如果你没有那么说，后来的我，就不会那么胆大妄为自以为是了。

“赵七……”

庄希还想说什么，被赵七七打断：“回去好好休息。”

他抿一抿嘴：“你也是。”

赵七七送走庄希后，回宾馆叫醒李沁和杨洁怡，顶着熊猫眼一起去上课。

课间，赵七七告诉李沁，她打算放弃了。

李沁瞠目。

赵七七表现得很坦然：“如果有一天爱上一个不相信爱情的人，如果他觉得你够傻够天真，那还是……早点放弃吧。”

赵七七一想着要放弃，深吸口气，突然就觉得豁然开朗了些，甚至都看到讲台上的沈竟容对她微微一笑。

赵七七也对之回以微笑：“有句话怎么说来着，对，想人间婆娑，全无着落；看万般红紫，过眼成灰。”

李沁一手搂住赵七七：“那咱们接下来就好好想想，万圣节怎么过吧！”

“好。”

赵七七心中难过，但努力安慰自己，如果你是女孩子，如果你喜欢一个人，如果你勇敢地告诉他了，如果他没有接受你，这没有什么好丢脸的。如果那人值得，不管结局如何，你是赚到了；如果那人不值得，我大可以告诉他：这世界上总有一个人，我会为了他努力改变、任劳任怨、辗转反侧、百炼成钢，但这个人，绝对不是你！

万圣节很快就到来了，这几天大街小巷都摆出了万圣节的小玩具，相关的玩偶模型到处都是，赵七七和李沁也专门在网上订购了两套鬼怪服装。

因为上回庄希的关系，杨洁怡算是和她们成了陌路，这阵子不知道她用的什么办法，又和钟羽、徐菲玩到一起了。

学校里好几个地方都设有万圣节晚会，为了不和杨洁怡她们碰到，李沁特意让秦浩去打听清楚了杨洁怡她们那天的大致行程。

秦浩说自己那天有点事情，所以不和她们一起玩了，赵七七本来以为就剩下自己和李沁，没想到马克那个阴魂不散的家伙又来了，还是在天刚刚黑的时候装扮成吸血鬼的样子来找她们。

赵七七那时候正在装自己的南瓜头，看到马克的脸，一时间都来不及做心理准备，大叫一声后就把门“砰”的一声关上了，差点没把吸血鬼的假牙给撞下来。

李沁已经换好了美杜莎的装扮，猜到来人是谁，笑着去开门，果然看到马克正可怜巴巴地站在门口，身后还跟着一个巫婆和一个精灵。

“哇！”李沁兴奋地拉过巫婆，“罗拉，我差点没认出是你！这装扮太酷了！”

这会儿，赵七七顶着南瓜头出来了：“马克，你刚才是要吓死我！”

“天，没想到你胆子这么小。”

赵七七理直气壮：“我从小就怕鬼！”说着看向一旁精灵

打扮的女孩子，“这可爱的小精灵是谁？”

精灵装出一副怪腔：“你猜。”

赵七七一听声音就知道了：“爱丽丝！”

爱丽丝奖励了她一个飞吻，随即看着李沁，一脸的惊艳：“太美了！真的太美了！这是我见过最美的美杜莎！”

李沁因为秦浩缺席的缘故有些不开心，但听爱丽丝这么一说，不悦的心情一扫而空。

快到九点的时候，赵七七一行人来到学校的某个花园里，这里已经被装饰成了鬼镇的样子，来来往往尽是万圣节装扮的人，赵七七的南瓜头混在里面显得十分幼稚。

李沁开玩笑地嫌弃道：“七七啊，人家小学生的扮相都比你成熟！”

赵七七哼哼一声：“我这是童心，童心！”

罗拉笑道：“七七如果扮演小矮人的话，会非常合适。”

赵七七发飙了：“我是食尸鬼！”

然后周围走过的一个食尸鬼扮相的人朝她看了几眼。

赵七七很明显地感觉到自己被鄙视了。

这时候，一个打扮成科学怪人的家伙过来和赵七七打招呼，赵七七实在认不出来，倒是李沁大叫一声：“沈老师！”

这个科学怪人竟然是沈竟容？赵七七再一看，果然真的有点像。

“你为什么要扮成这个样子？”

沈竟容一笑，面目越发狰狞：“你不觉得和你的南瓜头很般配吗？”

赵七七直接无视他。

形形色色的妖怪从自己面前走过，赵七七突然想到，如果庄希也来参加这个晚会的话，会把自己打扮成什么样子呢？

果然是惯性思维，不是都说好了要放弃吗？赵七七提醒自己，绝对不能再想到他了，绝对！

派对进行到高潮的时候，所有的灯火全都熄灭了，赵七七一个不留神，和李沁几个人走散了，四处张望都找不到人，满眼妖魔鬼怪。

习惯了这些恐怖或者搞笑的装扮，赵七七心里倒也不害怕了，听到身边有人说教学楼里的一个鬼屋特别好玩，干脆就壮着胆子跟在他们后面一起去看看。

那个鬼屋就布置在赵七七平时上课的教学楼，十几层的高楼，一到六层现在全都被装饰成了鬼屋，一跨进大门就有恐怖的音乐传来，还是立体声环绕的音效，听起来就阴森恐怖。

这个时候，赵七七感觉到自己的手机振动了一下，她拿出来一看，竟然是庄希的短信。

“我看到你了。”

赵七七吓了一跳，左顾右盼的，可附近几个人模鬼样的明显都不是庄希。

她立马回过去：“你在哪儿啊？”

庄希存心闹她，发了三个字：“自己找。”

赵七七心想，找就找，那么大个人，我就不信不能把你揪出来！

她再向四周看了看，确定庄希不在附近，便往楼上走去。

连着找了三层楼，赵七七都看不到庄希的影子，越往楼上人就越少，黑漆漆的教室阴森恐怖，赵七七咬咬牙，有什么好怕的啊，反正都是假的！

到了六楼的一个转角，赵七七听到了熟悉的声音，这声音当然不是庄希的，但赵七七觉得十分熟悉。

她循着声音的来源走过去，到了一间关着门的教室门口。

那个熟悉的声音用中文说："我对你这么好你还说我坏，看来要让你知道什么是真正的坏……"

一个女孩子喘息着说道："哎呀，你别这样，有人进来怎么办啊？"

杨洁怡！

赵七七差点没叫出来，这个女孩子竟然是杨洁怡！那么那个男人是谁？

"哪有什么人啊？快松手，不然我咬你了。"

杨洁怡咯咯笑着，一反平日的清纯形象："你跟李沁在一起的时候也这么猴急？"

赵七七脑门都快冒汗了，秦浩！这不要脸的男人是秦浩！李沁的秦浩啊！

里面又嘀咕了几句，然后……赵七七就听到了让人耳红心跳的声音，但这会儿赵七七哪还顾得上耳红心跳，她估摸着里面的人一时半会儿也不会走，于是走到较远点的走廊忙给李沁打电话。

李沁过了很久才接电话，那边声音特别吵："七七，你跑哪儿去了？我们这边可带劲儿了，我跟你说啊……"

"李沁你先慢点！我跟你说，你做好心理准备！"

"什么心理准备？你换了身装扮吓唬我啊？别呀，你那小南瓜头多可爱，一眼就能认出来。”

“李沁！这里头有鬼！”

李沁哈哈大笑：“是啊，今天晚上满大街都是鬼。”

“我是说秦浩！那浑蛋背着你搞鬼！你马上给我过来！”

她这么一说李沁冷静了些，反问：“你说什么？秦浩？”

赵七七知道，李沁喜欢最直接的方式，所以在这个时候，她过来亲眼目睹这一切是在她看来最好的方式。

“你过来就知道了，越快越好！”

赵七七报了地点之后挂了电话，心情又是惆怅又是害怕，她放好手机，正准备去教室门口守株待兔的时候，一双手从背后伸了过来。

“唔！”

赵七七感觉到自己被捂住了嘴巴，低头一看还是双鬼手，吓得七魂三魄全体哆嗦，嘴巴下意识就猛地一咬。

对方吃痛，放开了手。

这会儿赵七七倒是回过神来了：“庄希，你想吓死我！”

眼前是个狼人扮相的男人，身形看上去和庄希很像，赵七七理所当然地认为这是庄希。

狼人愣了愣，下一刻，猛地一手钩过赵七七的脖子制住她。赵七七发现形势不对，刚要大叫，却被捂住了嘴巴。

身后有人说道：“打晕她。”

赵七七恐惧了，奋力挣扎想要挣脱他，但是马上就觉得颈部一疼，紧接着就失去了知觉。

夜色静谧，庄希站在阳台，看了看时间，又看看对面的楼层。他心想，真是高估了赵七七的智商，这么久都没有从那幢楼里走出来，她就没有想过，其实能看到她的最佳方位，应该是并列的另一幢楼吗？

那天和赵七七分别后，他在车上看着她的背影，低着头，默默地走在风里，渐渐只剩个小点。

有那么一瞬间，庄希觉得自己的大脑一片空白。

他不敢去想这种空白意味着什么，只是有些害怕，赵七七，会不会从此就不理他了？

好在，刚才给她发短信，她还是回了。

时间已经很晚，陆陆续续地有人走出来，万圣夜已经步入尾声。

庄希叹了口气，决定去找赵七七。他离开阳台，轻轻拉上教室的门，然后搭乘电梯离去。

阳台对面，狼人驮着南瓜灯一闪而过。

庄希刚进一楼的时候就被人拉住了，他因为什么装饰都没有，就穿着平日的着装，一下子就被人认了出来。

但是眼前这个人是谁？

还好“美杜莎”先开口了：“我是李沁，七七没和你在一起吗？”

庄希摇摇头，露出几分诧异：“她不在楼上？”

李沁道：“我刚从外面过来，她给我打电话说有急事。”

“急事？”

“她说在六楼等我。”

庄希眉宇间莫名一紧，他自己也说不清楚这是种什么样的预感，总之，不太好。

“我跟你一起上去。”

李沁有点犹豫，因为刚才赵七七给她打电话的时候说是秦浩的事情，她现在心情也十分紧张，万一是最最不希望发生的局面，如果被庄希看到的话……

“我也是来找她的。”庄希说完，也不等李沁，自己先往电梯走去。

李沁忙跟在后面。

电梯开的时候，从里面出来了几个人，牛头、石像鬼，还有一个狼人，竟然背着个小小的半人马兽。

庄希看了他们一眼，和为首的牛头对视一眼，那牛头很快就转移了视线，若无其事地往教学楼的门口走去。

一切都很平常，但庄希总觉得有什么地方不对劲，皱着眉头揣测的时候，李沁急急忙忙把他拉进了电梯。

庄希被李沁这么一打断，也来不及多想。

电梯很快到了六楼。

李沁往赵七七说的那个教室小跑过去，正要推开教室门的时候，门反而从里面被打开了。

沉默。

死一样的沉默。

秦浩一手还搂着杨洁怡的腰，嘴还保持着亲吻她脖子的动作，乍一见李沁，顿时石化了。

杨洁怡先是一愣，随即轻轻笑起来，整了整凌乱的头发和衣领，跟李沁打招呼：“嗨。”

李沁毫无表情的脸上突然也露出一丝微笑，随即，重重一巴掌打在杨洁怡脸上，力道十足，掌风呼呼。

杨洁怡的笑容顿时就僵硬了，但是她应变极快，下一秒就小鸟依人状倚着秦浩："浩，你看她……"

秦浩看着李沁，张了张口，正要说什么的时候，听到庄希问道："赵七七呢？"

秦浩在这种情况下十分混乱，本来就不知道要说些什么，庄希这么一问，他忙接口："什么？赵七七？她也在这里？"

李沁强行平复下内心的惊涛骇浪，想到赵七七刚才明明说在这里等她的，应该不会突然离开，怎么整条走廊黑漆漆的，半个人影也不见？

她试着喊了几声："七七？七七，你在哪里？"

为了刻意营造恐怖气氛，今天天亮之前，整栋大楼的照明系统都是不能用的，现在根本开不了灯，原地站了两分钟还不见赵七七出来，大家都觉得肯定是有什么不对劲了。

这时候后面突然响起一阵铃声，李沁叫道："是七七的手机铃声！"

庄希往后看去，后面一个角落里确实亮起了手机的光，似乎还有什么东西掉在地上。他忙过去把手机捡起来，来电显示是马克。而掉在地上的东西，庄希一眼就认出来，那是赵七七之前戴着的南瓜头，此刻掉在地上，明显已经摔坏了。

庄希猛然回忆起刚才在电梯外面看到的几个人，想到那个牛头怪看着他的眼神，想到那个被狼人背在身上的半人马兽，他心中骤然升腾起一股恐惧，而比之更甚的，是怒气。

他把手机放到李沁手里，飞快地冲进电梯。

九/斯人若彩虹

赵七七醒来的时候，是在一个冰冷的房间里，四周一片漆黑，她试着坐起来，却发现自己的手脚都被绑住了。

未知的恐惧在心中蔓延，好在视线没有被挡住，赵七七环顾四周，发现这是一间陌生的房间。二十平方米左右的大小，除了桌椅，没有多余的装饰，地板也已经显出老化的痕迹，室内光线偏暗，只开了一盏小灯，由于窗帘是不透光的，现在甚至都分不清是白天还是黑夜。

赵七七仔细查看，在确定了四周没有监视工具后，她试图从沙发上坐起来，但才一站起来，就感到一阵眩晕，逼得她又摔回了沙发，过了好一阵视线才恢复正常。

赵七七这才发现肩部疼得厉害，回忆之前发生的事情，似乎自己是被打晕的，而那之前她一直在找庄希。赵七七想，自己得罪过什么人吗？没有啊，她从来就没有什么仇人，难道是谁在开玩笑？可万圣节都已经过了吧……

刚才一番动作动静太大，惊动了外面的人，听到开门的声音，她立马装睡过去。

一个低缓的嗓音从前面传来：“我不喜欢骗人的女孩子，

你已经醒了。”

赵七七一惊，却不敢在这个节骨眼上假装没听见，忙睁开眼睛。

那个人站在和她相距五六步的位置，斜着眼睛，含笑看着赵七七。

赵七七分明感到这个人的笑容带着寒意，而奇怪的是，她竟然觉得这个人有些熟悉，一定在什么地方见到过。

对方明显对赵七七的健忘能力很不悦，轻轻地走到沙发边，蹲下看着赵七七：“上回是严离救了你，这回可没那么容易逃跑了。”

他一说严离，赵七七想起来了，是上回想抓走庄希的人！

这个人不是上回的带头人，但也是其中一员，他们竟然还没有放弃！

看到赵七七的表情，那人非常满意，递过来一支录音笔：“来，告诉庄希，你在我们手里。”

赵七七瞪了他一眼，抿嘴，咬牙。

那人非常不意外地笑了：“不说话？你以为不说话，他就不相信你在我们手里了？”

他转过身看了看手表，冷笑道：“太天真了，真可惜，我时间很紧，你要是不合作，我只有用别的方式了。”他说完拉开门走了出去。

赵七七刚要松口气，却看到另外三个男人走了进来，她心跳都漏了半拍，恨不得立马吓死过去。

为首的一个男人拿着把小刀，看着赵七七。

“你会叫吗？”

赵七七额头全是汗，一味地往后缩，苦于双手反绑在身后，一点自我保护的能力都没有。

“可怜的小绵羊。”另一个男人说着，拉开手里的胶带，走至赵七七身边，将她的嘴巴贴上。

赵七七不知道他们要做什么，她只是觉得恐惧，从未有过的恐惧，更甚于上回那个千钧一发的时刻。因为上次她身边还有庄希和沈竟容，但这次，她孤身一人，完全不知道自己是在什么地方、将要面临什么。

被胶带封上嘴之后，两个男人上来一左一右把她按在地上。赵七七呜呜地挣扎起来，但于事无补，眼泪不自觉地就哗哗流了下来。

旁边的人丝毫不理会她，倒是将她的手松了绑，左手被牢牢按住，而右手被迫伸到了前方，固定在地上。

赵七七吃力地抬起头，看到前面那个拿着刀子蹲下身的男人，顿时明白他们想做什么了。

她瞪大了眼睛拼命挣扎，但力气毕竟比不过两个男人，眼看着刀尖已经触碰到小指，她甚至感觉到刀锋的锐利和寒冷。

泪水模糊了眼睛，执刀的男人面色冷峻，轻轻说着：“我下刀很快。”

赵七七很快就看不清那人的脸，也看不清眼前的刀，她只觉得浑身发冷，止不住地颤抖，脑海中是严离的声音：“蠢死了！你这种木鱼脑子，要是和庄希在一起，到最后指不定连怎么死的都不知道！”

赵七七使劲咬着牙，闭上眼睛，她告诉自己，不要看，不要想，很快就会过去，什么都会过去，赵七七你要勇敢，你一定要勇敢，要证明你曾经那么那么喜欢他，不留余地、没有退路，他给你带来的是勇气而不是恐惧。

小指根部忽地一冷，紧随而来的就是彻心彻骨的痛。

——痛！

——好痛！

痛苦万分，但是连挣扎的力气都没有，尽管嘴上被封着胶带，她还是发出了沉沉的呜咽。按着她的人放开了手，任她在地上蜷缩起身体。

泪水从紧闭的双眼中流出来，赵七七的整个右手都微微颤抖着，左手握成拳抵在身体一侧，咬牙吸气，但无论如何，钻心的疼痛都没有减少分毫，反而在蔓延的过程中给她一种难以名状的苦楚。

身体在很多时候来得比灵魂更为真实，因为它学不会欺骗。这个时候让赵七七选择的话，她真的有那么一瞬间，希望自己从来都不认识庄希。赵七七或许不怕死，但是她一定怕疼，小时候在语文课上学到抗日英雄的时候她就坦诚地说，如果是自己的话，在没有办法死的情况下，她一定会成为汉奸。

眼泪浸湿了脸庞，不知过去了多久，当疼痛逐渐转化为麻木，赵七七又开始反省自己了。后悔认识庄希吗？不，不会的。她回忆起自认识他以来的点点滴滴，酒吧的初识、KTV的游戏、怀着小女生的心情去看他打篮球、每次和他发短信时的忐忑不安……她爱上他的每一个眼神、每一个动作、每一句话语，看到他任何微小的成功，都比看到自己成功还要高兴。

可这些在庄希眼里究竟意味着什么？什么都不是吗？

赵七七放任自己的泪水流淌，她再次意识到，所有这一切，都不过是自己世界里于人而言微不足道的小事。

她不断地否定自己，否定自己否定到觉得自己的存在就是一个错误。

赵七七想快点睡过去，或许庄希会觉得，有她出现的梦一定是噩梦，但赵七七依然认为，有他出现的梦一定是美梦。

恍惚中，她看到一个和自己很像很像的小孩子在轻声呢喃："偷偷告诉你哦，我喜欢你。"

赵七七的眉头渐渐舒展，手上的疼痛在减少，她知道自己快要睡去了。

但就在这个时候，她听到一个熟悉的声音传来，充满恐惧地叫她——

"七七！"

"砰"的一声，大门被狠狠踢开。

庄希率先冲进去，当看到眼前的景象时，心里不由得一阵抽痛。

"七七！"

他看到赵七七失去意识地躺在地上，身前是大片大片的血迹，顺着枕在头下的右胳膊往下看，庄希看到了最让他触目惊心的一幕。

赵七七手上的血迹已经干涸，但那毫无遮拦地袒露在外的手指，昭示着他之前得到的消息都是真的。

庄希在原地愣了几秒钟，随即快步上前，小心翼翼地抱起赵七七。

"别怕，别怕啊，没事了七七。"他的声音竟然控制不住地颤抖。

当他看到那根断指的时候，他不断说服自己这不是真的，现在亲眼看到赵七七这个样子，他顿时慌乱了，他要怎么向她解释？他怎么可以让她因为自己受了这么大的伤害？她会不会恨他？会不会从此都不敢接近他？

庄希很害怕，他甚至都不知道这种害怕的缘由，只是抱着赵七七往楼下跑，不停地跑，直到跟在他身边的庄家随从提醒他，应该立刻开车送这个女孩子去医院。

“三少，那些人要怎么处理？”

庄希被这句话给点醒，顿了顿，冷声道：“一个不留。”

对方明显一愣，因为这不符合庄希一贯的性格，但他没有多问，只应了一声表示明白。

当李沁把那一巴掌狠狠打过去的时候，就已经认定了她和秦浩之间再无挽回的可能。她一直都知道秦浩不是个安安分分的人，但她也一直自信，自信地认为他不至于这么快就背叛自己，可现在事实就这么发生了，并且那个女孩子还是她的好朋友。不，是曾经的好朋友。

这么狗血，这么可笑，这么……这么想把这个世界放到脚底下踩一顿。

但是她现在没有时间去报复别人报复世界，庄希打电话来说，赵七七在医院里。

在赵七七面前，李沁永远能以强者的身份站得住脚，她不明白这个傻蛋怎么可以这么弱，怎么可以这么条理清晰地让自己处于这种状态，喜欢人就放低了姿态去追，追不到就放低了姿态撤退，退到一半还是要犹犹豫豫瞻前顾后。

李沁本以为赵七七只是受到了惊吓或者犯了小毛病，她几乎是气冲冲地冲到医院，想骂那死孩子一顿，但是当得知赵七七竟然被那群浑蛋砍下了一根手指后，她当时就哭了。心疼过后，下一刻就是把所有的怒气都发泄到庄希身上。

“你丫的怎么还站在这里！怎么受伤的不是你！”李沁的拳头狠狠打在庄希胸口，一下接着一下，“庄希，你真他妈的浑蛋！小七怎么会遇到你这种浑蛋！”

庄希一整夜没睡，为了救赵七七，几乎动用了家族在奥兰多市的所有力量。他此刻也已经精神疲惫，原本不具备杀伤力的拳头，这回竟也打得他止不住咳嗽起来。

他一把抓住李沁的手腕，认真说道：“我会负责。”

李沁哭道：“你怎么负责！她现在成残疾人了，你负得了责吗？早就看出来你有问题了，鬼知道你暗地里究竟是做什么的，惹到的那群是什么狗日的东西！”

“你先别激动，听我说……”

“我怎么能不激动！躺在这儿的是我最好的朋友！你不在乎不心疼，但是我在乎！我心疼！”

庄希怕李沁这么大声会吵醒赵七七，把她拉出了病房。

“李沁你听着，我说了，我会负责。”

李沁冷笑道：“好啊，说说看，你打算给她多少钱？”

庄希抿了抿唇，说道：“如果她醒来后愿意的话，我会和她结婚。”

李沁听他这么说不是不震惊的，但她很快就恢复了平静，嘲讽道：“你倒也真会施舍。”

庄希不想跟她多争辩什么，只是淡淡地说了一句：“我施舍得起。”

不等李沁开口，他又说：“我现在有急事需要处理一下，你在这里陪着她，她醒来马上告诉我。”

庄希走后，李沁一个人坐在赵七七的病床边，她给马克他们发了短信，不敢多说什么，只告诉他们，赵七七已经找到了，目前一切平安。

她看着病床上赵七七苍白的脸，心中为她松了口气。

“赶紧醒来啊七七，会有惊喜的，很大的惊喜。”

赵七七再次醒来的时候，麻药的效果还没过，手上的疼几乎感觉不到，她翻了个身，声音有些沙哑地对李沁说：“我要回家。”

“不准乱动！”李沁忙双手扶住她，“这会儿知道想家了！不过现在不急着回去，有人说要和你结婚了！”

赵七七有些发蒙，难道一觉醒来得了失忆症？她可不记得自己有男朋友的。

她迷迷糊糊看着眼前的人：“李沁，你在说什么啊？”

李沁把刚才的事情告诉赵七七。赵七七却没有表现出李沁预料之中的喜悦，她只是苦笑，然后轻声说：“我要回家，回中国，就现在，李沁。”

李沁十分惊讶：“七七，你傻了是不是？你不是一直都喜欢他的吗？”

赵七七看着窗外，面无表情地说：“我刚才做了个很长的梦，梦里我捡到了一样东西，我丢了很久的东西。”

“什……什么？”

“自尊。”

李沁心中一紧，一瞬间就了然了，她眼眶红红的，抱住了赵七七：“我这就陪你去宿舍整理东西，然后送你去机场。”

一觉醒来，发现自己终究是大错，没有机会重来。

必须离开，必须自省，必须绝然。

坐上飞往中国的航班，看到那么多黑头发黑眼睛的人，听到久违的熟悉语言，赵七七有种想哭的冲动，她努力地抑制住，看向窗外的天空。

身边的女孩子在笔记本上看电影，没有戴耳机，声音调到最轻，赵七七仔细听的话还是能听到画面里的声音：“Some of us get dipped in flat, some in satin, some in gloss……But every once in a while you find someone who's iridescent, and when you do, nothing will ever compare.”

后来赵七七才知道，这部电影有一个很好听的中文名字，《怦然心动》。也有人将上述那段话翻译成了她最熟悉的语言：有人住高楼，有人在深沟，有人光芒万丈，有人一身锈，世人万千种，浮云莫去求，斯人若彩虹，遇上方知有。

那个时候赵七七终于明白，其实生活的状态有很多很多种，唯一不变的也不过就是一宿三餐。没有人生来就具备超脱的自省意识，但是每个人都在成长和学习，终会有一天，懂得发现身边那些真正应该去守护的、审视自己爱的人到底值不值得爱。

而在这之前，赵七七以为世界上的爱情就只有一种，似乎都是要低到尘埃里，放下所有的自尊和倔强，那才叫爱。

看着画面中的女孩子明媚洒脱，赵七七再也抑制不住地哭了起来。她觉得那么难过那么难过，为什么自己遇上了一个赏心悦目的人，为什么那个人并不觉得自己同样赏心悦目，为什么她看见他就像看见美丽的彩虹，为什么她在他眼里从来都没有过任何一次的美不胜收。原以为命运之残酷像是一条河流，他顺流而上的时候，恰见她逆流而下；却原来命运之更为残酷的是一根断线，他是越飞越远的风筝，而她只能坠入尘埃，甚至看不见他如何在天际飞扬。

每个女孩子，都值得有一段美好的少年时光，意气风发光明磊落披荆斩棘无往而不胜地去喜欢一个人。

而现在，这段时光已经过去。

庄希，再见。

十/回国

当你喜欢我的时候，我不喜欢你

当你爱上我的时候，我喜欢上你

当你离开我的时候，我却爱上你

是你走得太快，还是我跟不上你的脚步?

我们错过了诺亚方舟，错过了泰坦尼克号，错过了一切惊险与不惊险，我们还要继续错过

但是，请允许我说这样自私的话

多年后

你若未娶

我若未嫁

那

我们能不能在一起

赵七七合上手里的漫画本，看着窗外久久发呆。她的办公桌就在阳台边上，今天阳光很好，工作闲暇的时候，她总喜欢在窗边看书。

回国后的日子过得极快，转眼已经入夏，大三结束，大

四一整年都没有课，全部是实习时间，而赵七七因为大三去了趟美国，落下了很多课程，要一边实习一边补修学分。

暑假的时候，赵七七找了份在化妆品公司的实习工作，其间和李沁打过电话，得知她已经和秦浩分手，打算留在美国。

赵七七一时间还有些错愕，最后说了堆祝一切顺利云云的话语，挂上电话十分怅然，有种一下子被逼着离开学校踏上社会的感觉。

“小七啊，今天没什么事就早点下班。”上司Z姐拎着包准备离开办公室，走之前对赵七七说了这么一句。

“啊？”赵七七有些惊讶，Z姐平日里要求很严格，从来不允许任何人迟到早退。

“小年轻，你不会不知道今天什么日子吧？”Z姐对她笑笑，“我先走了。”

今天什么日子，赵七七当然知道，熟得不能再熟的日子，阴历七月七，情人节，也是她的生日。

这是赵七七的二十一岁生日。

难怪今天一下班，办公室里几个实习的姑娘动作极其迅速，做完工作就集体作鸟兽散。

情人节又怎么样？赵七七回国半年了，还是孤家寡人一个。她深吸一口气，喃喃自语：“第二十一个情人节，我听到上帝对我说，你太美好了，所以至今没有男人配得上！”

她话一说完，身后就响起一个声音：“喂喂喂，你臭美也得找个没人的地方吧。”

她一回头就看到了沈竟容的脸。

没错，就是沈竟容，赵七七回国不久就遇到了沈竟容，实习的时候又发现他竟然接了这家化妆品公司的产品拍摄。

赵七七不去想在美国发生的一切，看着沈竟容在面前出出进进，久而久之倒也习惯，不会像刚开始那样显得十分尴尬。倒是沈竟容，每每看到赵七七右手上光秃秃的伤痕，眉头就不自觉地收紧。

沈竟容把手里的照片整理好，走到赵七七办公桌前：“请你吃饭吧。”

赵七七笑笑：“好啊。”

“想去哪儿吃？”

“肯德基。”

“没长进。”

两人往公司附近的一家商厦走去，因为是饭点，肯德基人很多，赵七七和沈竟容在排队的时候不约而同看向了对面的马路，是一个跛脚的老爷爷推着坐在轮椅上的老伴过马路。

沈竟容说道：“我以前从来不相信爱情，直到有一回看到一对年迈的夫妇相扶着过马路。”

赵七七回道：“我原本相信爱情，但是后来……”她伸出右手，“就成这样了。”

沈竟容对赵七七和庄希的事情有所耳闻，不置可否地问道：“所以就不愿相信了？”

赵七七摇摇头：“也不是。”

这时候队伍正好轮到他们，赵七七很好打发，一个外带全家桶就让她乐颠颠的。

好不容易等到座位，赵七七正要开吃，沈竟容的一句话让她瞬间就噎住了。

沈竟容说："今天这么凑巧是情人节，要不你就做我女朋友吧。"他说得好似"反正今天天气这么好，我们就出去逛逛吧"一般轻松。

赵七七噎了好一会儿，看着沈竟容说："好。"

沈竟容十分惊讶："你这就答应了？"

赵七七点点头："我年纪也大了，再不谈恋爱，会被人误会的。"

然后沈竟容就笑了："明智之举。"说着帮赵七七插好吸管，"吃完我们去看电影。"

"今天你还想买到电影票啊？"

"预订了。"

"你不会是早就有预谋的吧？"

"是啊，逮着谁算谁。"

在和沈竟容做同事的日子里，赵七七发现沈竟容真的是个很安静的人，有时候表现得很幼稚，甚至让人下不来台，那是因为他真的不太知道怎么和人交流。而更多的时候，他都是一个人在那里安安静静地做着自己的工作。

安静、专注、幼稚、心无城府，如果时间倒退一年，这会是赵七七喜欢的类型吧，但是现在，她自己都不知道为什么会答应他。那就试试看吧，认认真真地让自己谈一场恋爱。

沈竟容选了个十分无聊的电影，从电影院出来的时候，赵七七甚至都有点瞌睡了。

沈竟容揉揉她的脑袋："还想去哪儿玩？"

“不知道。”

沈竟容笑看着她：“你怎么这么无聊。”

赵七七气结：“说得好像你很风趣幽默一样。”

“彼此彼此。”沈竟容微微一笑。

赵七七被他打败，过了一会儿，还是说：“我好累啊，回家吧。”

送赵七七回家的时候，沈竟容对赵七七说了他一直想说的话：“努力忘掉他，好不好？”

就这么轻轻的一句话，仿佛丝弦拨动，不经意间就触动了赵七七心口那最为柔弱的一部分。所有压抑的辛酸和委屈，在听到这句话的时候，好像又活了过来，抚开岁月蒙上的尘埃，她还是那个执着勇敢冒着傻气的赵七七。

猝不及防地，沈竟容抱住了赵七七：“都过去了，傻丫头。”他在她头顶安慰地轻笑，笑得赵七七忍不住眼泪哗哗。

赵七七回抱住沈竟容：“我会忘记的，没关系，真的……没关系。”

夜色很美，星星眨着眼。

暑假很快过去，赵七七和沈竟容的关系也很快被同事们知晓，众人都觉得这两人怎么看怎么般配，以至于赵七七出门就觉得自己身上贴着个写了“沈竟容”三个大字的标签。

为了补上个学期的学分，赵七七游走于学校和公司之间，她特意选了几门轻松的课程，只是没想到文艺学概论课临时换了老师，而换来的这个老师，赵七七一看到她的名字就觉得幻灭了。

S大07届的同学们最最最最讨厌的老师是谁，无疑是这位教授文艺学概论的Miss孙。她上课的特点是从来不讲重点，考试的特点是凡提到过的皆为重点，批试卷的特点是不合格率低于20％的班级是不正常的班级。鉴于此，凡是经她手的专业无不令学生深恶痛绝。而Miss孙的穿衣风格更是值得一提，从开学至今，没有人见过她穿黑色系之外的衣服，所以前几届的学长们送了她一个外号：Miss黑。

如今，赵七七很可悲地发现自己落到这位Miss黑手上了。

“赵七七同学，请你起来说一下《红楼梦》己卯本和庚辰本有什么区别。”戴着黑框眼镜的“Miss黑”一脸平静地看着从一堆文艺理论著作中抬起头来的赵七七。

教室的前两排一直是空着的，赵七七因为是和之后一届的学弟学妹们一起上课，和他们不是很熟，所以就一个人坐在第一排的正中间，天气热的缘故通常都喜欢穿一身白，“Miss黑”似乎特别喜欢刁难她。

如今，冷面冷心的“Miss黑”看着一脸错愕的赵七七。

“要我重复一遍刚才的问题吗？”

赵七七从克罗齐的表现论中抽身而出，回答：“我只看过甲戌本和程乙本。”

在赵七七平静的声音之后，底下的同学们欢腾了。

有学弟在背后轻声说道：“学姐威武！”

不料，“Miss黑”也是不依不饶的：“那就甲戌本和程乙本来说一下吧。”

“甲戌本带脂砚斋评语，程乙由高鹗续写。”

“Miss黑”瞟了她一眼：“坐下吧。”

赵七七心中那个气啊……这老师对自己的态度明显有问题啊，她决定，以后上“Miss黑”的课都要做好打仗的准备。

却不料下课后收到沈竟容发来的短信：“我姑姑说，对你课上的表现勉强还算满意。”

赵七七一时间还没想明白：“你姑姑？”

短信一发出去赵七七就想明白了，不等沈竟容回短信，气得咬牙切齿打电话过去。

“那个辣手摧花的“Miss黑”是你姑姑？！”

“Miss黑”事件之后，赵七七一整天都没和沈竟容说话。

沈竟容十分没有下限地强烈要求姑姑给赵七七放了两个月假，这让赵七七心花怒放。但沈竟容也是有要求的，他让赵七七陪他一起去一趟A城。

赵七七一听A城，立刻就想到了庄希，她听李沁说过，庄希就是A城的人。她当下就做出决定：“不去。”

沈竟容不急不缓地说：“本来还想带你去那个围棋展示会呢，不想去就算了。”

“什么？围棋展示会！”赵七七立马后悔了，立马扒拉着沈竟容，“去去去！谁说不去的，你听错了！”

很少有人知道，赵七七其实有一个和她性格不太符合的喜好，就是围棋，围棋展示会十分罕见，她可不想这么轻易错过了。

三天后，赵七七和沈竟容来到A城。

来机场接他们的是沈竟容几年前在S城认识的朋友，赵七七一见对方就两眼冒光，轻声对沈竟容说：“美女！绝对的美女！”

沈竟容介绍道：“这是纪飞扬，也是S大毕业的，算是你学姐。”

赵七七主动伸出手去和她握手：“美女学姐好，我是赵七七，今年大四，还在实习。”

纪飞扬笑道：“竟容你什么时候骗到的小姑娘，好消息也不提早告诉我，害得我现在两手空空，怎么着也该送一份见面礼的。”

沈竟容认识纪飞扬是在七年前，那时候他在好友的广告公司做首席摄影师，纪飞扬才刚念大一，是公司里年纪最小的模特。只是后来发生了一些事情，纪飞扬不得不离开S城，兜兜转转多少年过去，二人竟然是在A城见面。

多年不见，沈竟容忍不住叹息：“果然是岁月催人老啊，飞扬你当年就这么点，”他用手比画一下，“现在都长这么高了啊。”

纪飞扬佯怒道：“你说话怎么这么不中听啊，当面说人家老。”

“哪是老，明明是成熟！”沈竟容想了想，还是问，“你和那个……那个姓程的，怎么样了？那么大动静的飞扬城，你不会不知道吧。”

纪飞扬脸色微变，声音中透出些无奈：“A城就这么大，以后怕是怎么着都会遇到，但我和他当初已经那样了，你说现在还能怎么样？”

沈竟容点点头："你放得下就好。"

他们说话的时候，赵七七一句也插不上嘴，百无聊赖地看着周边的景物，心想，A城和S城就一名字上的差别，其实是两座非常相似的城市。

纪飞扬接了个电话，对沈竟容说："庄迟的局，让你一起去。你竟然还认识庄迟？"

沈竟容很是不客气地笑道："谁让我是一流摄影师呢。"

纪飞扬道："那晚点你带七七一起去吧。"

沈竟容问道："你不去？"

纪飞扬无奈："那些个权贵，我躲还来不及。"

沈竟容忍不住口快道："不就是不想见到程绍均吗，犯得着把日子过这么憋屈。"

纪飞扬撇撇嘴："本来就跟他们不熟。"

（纪飞扬和程绍均的故事见于《与他隔着一片海》）

纪飞扬走后，赵七七终于可以战战兢兢提出自己的疑问："那个……庄迟，和庄希有没有什么关系？"

沈竟容挑眉："一说到姓庄的，你反应怎么就这么快？"

赵七七鼓着嘴，不说话。

沈竟容看她这样子就很无奈，解释："是庄希的堂哥。"

"那我可不可以不去啊？"

"你放心，庄希还在美国呢，一时半会儿回不来，再说了，即便庄希在又怎么样，你现在是我女朋友，拜托先摆正自己的位置。"

赵七七还是鼓着嘴，不说话。

沈竟容笑着揉揉她的头："小孩子。"

庄迟亲生父亲过世后，他就算是庄仕儒的第二个儿子，平日里不羁惯了，好不容易肯收收心，可把庄老爷子乐坏了。殊不知他在A城还是秉持着走到哪儿玩到哪儿的态度，最近还迷上了和文化人打交道，这不，捣鼓出了个围棋展示会，而展示会前夜，他也请了一堆朋友来热场，于是就有了这么个说大不大，说小也不小的晚宴。

赵七七跟沈竟容才走进去，就有人来找沈竟容说话，他和A城的很多人似乎都很熟，赵七七不想打扰到他，自己找了个角落待着，顺带吃吃东西，不想吃着吃着就有人走上来。

"美女，一个人？"

赵七七一看来人就是个吊儿郎当的纨绔，瞪了他一眼，继续吃手里的蛋糕。

对方锲而不舍："一个人在这儿不会很无聊？"

"我习惯了。"

那人竟然恬不知耻地在她对面坐了下来："那我帮你习惯习惯两个人吧。"

赵七七站起来就要走，被那人一把拉住："你是和沈竟容一起来的吧？能不能稍稍顾及一下形象，你动作幅度这么大，没看见旁边的人都看过来了？"

赵七七环顾四周，发现真的有人在偷偷往这边看，她可不想在这个地方被围观，于是重新坐下，冷冷说道："我是沈竟容的女朋友，所以你最好注意一下自己的言行，惹急了我，我可不保证会顾及形象，而且我觉得到时候你的形象会更加岌岌可危。”

那人笑了起来：“小姑娘，你别这么有意思好不好，我知道他是你男朋友，那又怎么样？我有要对你怎么样吗？还是你希望我对你怎么样？”

赵七七被他一顿呛，都说不上话来，气得拿起桌上的饮料，大口大口灌下去，以示自己的愤怒。

然而赵七七很快就发现，她灌到肚子里的不是一般的饮料，而是酒，烈酒！胃部顿时火烧一般灼热，赵七七喝酒会上脸，一瞬间就双颊泛红，盯着那杯子，支支吾吾说不出话来。

那个讨厌的男人突然就大笑起来，还说：“庄希怎么就看上了你这么个缺心眼的。”

赵七七一愣，本就是酒气上涌的时候，乍一听到这个名字，脸颊更红：“你、你说谁……”不对！他刚才说什么？赵七七差点就要提醒他话说反了，明明是她看上庄希的！好在说出口前想到倒追什么的不是什么特别出彩的事儿，硬生生给憋住了。

正在这时，一个沉沉的声音从侧面传来：“庄迟，你别逗她了。”

赵七七觉得自己一定是幻听了，这酒真是烈啊，才这么几秒钟的时间就醉了？醉就醉了，怎么还听到庄希的声音了？不行，得赶紧离开这里，她可不要在这么多人面前出糗……

但是才走了几步，就撞到一个人胸口，赵七七捂着脑袋抬起头，看到了庄希的脸。

赵七七自动把他归结为幻觉。

“不好意思，我喝糊涂了。”

她想绕道走开，不料被那人一把抓住了手腕。

“七七。”

赵七七肩膀一缩，这声音……太像了！太像了！

下一秒就被那人强行转过身体，目光灼灼，盯着她的脸：“太久没见，不认得了？”

十一/不准逃避

赵七七没想到她会在这种场合下遇到庄希，或者说，她压根就没想过还会再见到庄希。糊里糊涂被庄希拉到了更衣间，赵七七脑子还是晕晕乎乎的，分不清楚状况。

庄希就站在她面前，穿着笔挺的休闲西装，双手随意地插在裤子口袋里，倚在门上看着她。

赵七七很自觉地挪到沙发边上坐了下来。

“你不是在美国吗？”

“回来了。”

这就是庄希的说话风格，简简单单一句回来了，其实他可以把话说得很动听，比如，我想见你，所以回来了；比如，我不想再待在那边，所以回来了；甚至于，我遇到点事情，所以回来了。不管哪一种，至少，可以让赵七七接话，但他偏偏只肯说三个字。

听着这没缘由的三个字，赵七七只能傻愣愣地回了一句：“哦。”

然后两个人都没有说话了。

沉默。

再沉默。

沉默到后来，赵七七的酒劲终于过去了大半，她受不了这么沉闷的气氛，站起身就要往外走，然而刚走到门口就被庄希拉住。

“你干吗啊？！”

庄希拉过赵七七的右手，看着断指处的伤疤，很久都没有放下。

赵七七不敢抬头看庄希的脸色，随口说道：“我过阵子打算去学古琴的嘛，小指被称作‘禁指’，就是说多余的、用不到的意思，这样没了不是正好。”

庄希轻轻抚上她的伤口：“疼吗？”

“早就不疼了。”

“那时候疼吗？”

赵七七低着头，不自觉地哽咽，过了会儿才说：“疼，很疼。”她抬起头对庄希笑笑，“不过没关系，都过去了。”

她用了很大的决心，使了很大的劲，将自己的手从庄希手里抽出来。

赵七七，勇敢无敌的赵七七，你要加油，不可以重蹈覆辙，绝不可以！

但是下一刻，庄希出乎意料地抱住了她。

“对不起。”

温暖的怀抱，让赵七七有种身在梦中的感觉，忐忑不安？还是受宠若惊？她只觉得刚过去的酒劲又全都回来了，理智告诉她应该推开这个人，但脑海中有个声音在固执地叫嚣，就这一次，就一会儿，一会儿就好。

不知道这个一会儿过了多久，更衣室的门被推开，赵七七被庄希抱着就站在门口，被门打到的时候踉踉跄跄退了几步。她条件反射地朝门口看去，心中一紧。

“庄先生，你这样抱着别人的女朋友是不对的。”

沈竟容的神色很平静，要不是额头带着少许汗水的话，整个人完全看不出任何异样。

赵七七忙把庄希推开，想要往沈竟容身边走去，才跨出一步，又稍觉不妥，站在原地不知道该怎么办，也不敢去看站在旁边的人。

沈竟容走过来，拉起赵七七的手：“都跟你说了不准贪玩的，害我好找。”

庄希还想说什么，但只是抿了抿唇，一言不发地看着他们出去。

出了宴会厅，沈竟容拉着赵七七走到停车场。

赵七七感觉到沈竟容的手在出汗，她没有出声，由他一路上拉着塞上了车。

“赵七七。”沈竟容连名带姓叫了她一声。

“嗯。”

“说说看你现在的心情。”

赵七七一愣：“啊？”

沈竟容发动了车子。

“对，我想知道你现在是什么样的心情。”

赵七七按下车窗，外面的风吹进来凉凉的，分外惬意。什么心情？按理说，被男朋友看到自己和别的男人抱在一起，或多或少会紧张、害怕，但她丝毫感觉不到，她只是觉得有点尴尬，甚至想向沈竟容诉说一下以缓解这种尴尬。她忽然就明白了，潜意识里，她还是把沈竟容当作一个普通朋友。

“对不起。”她低低说了句。

沈竟容看了她一眼，勉为其难地说了句：“没关系。”

“我想说……”

“我想说……”

两个人几乎同时开口，沈竟容忙说：“你先讲。”

赵七七老实巴交地承认，声音闷闷的：“我觉得吧，我还是没有忘掉庄希，这样对你来说是不是太不公平了？”

“也说不上不公平，其实我也有事情瞒着你。”沈竟容做了很久的思想斗争，终于缓缓说，“我也得向你道歉，因为我可以说是把你当作了一个试验品。”

赵七七眯着眼睛向他看过去。

沈竟容艰难地说道：“我好像……不喜欢女人。”

赵七七匪夷所思地看着沈竟容：“你是在和我开玩笑吗亲？沈竟容先生，滥好人也不是这样充当的。你要是心情不爽，大可以把我骂一顿，打一顿都可以，不要用这么蹩脚的理由好不好？”

沈竟容一脚踩住刹车。

赵七七一个不注意，差点要撞出去。

车停在路边，沈竟容把车窗开到最大，拿出根烟点燃，吸了两口才说：“赵七七，你不知道我隐瞒这件事情隐瞒得有多辛苦，我是有多大的勇气才敢说出口！你还不相信！你以为我想这样吗？我他妈的比你更不愿意相信！”

赵七七歪头看着他：“你说的……是真的啊？”

沈竟容白了她一眼：“听到你说还忘不了庄希，你知道我是什么心情吗？我竟然松了口气！这几天我其实一直在后悔和害怕，我后悔不应该那么随随便便就让你做我女朋友，我怕你万一真的喜欢上我的话我该怎么办！我本来是想假装发顿火然后跟你提分手，但这样又会让你觉得欠我什么，所以我干脆就老老实实跟你承认了。没错，我沈竟容，不喜欢女人！”

赵七七傻愣愣看着他，觉得脑子里绷着的那根弦终于松了，但同时也有一个张牙舞爪的声音在脑子里吼：我的初吻，竟然给了一个死gay！

内心风起云涌，但赵七七的表情还是十分平静：“很好，皆大欢喜。”

看着沈竟容不太好看的神色，她补充了句以示安慰：“没关系，我不会歧视你的，我听过一句话，不是因为他是男人我才爱上他，而是我爱上了一个人，而他恰好是个男人。其实吧，这没有什么不可对人言的……”

沈竟容一把推开赵七七那边的车门：“下车。”

“什……什么？”

沈竟容重复：“我让你下车。”

“那你呢？”

“回家。”

赵七七听明白了：“你要把我一个人扔在这儿？”

沈竟容说：“是我想自己一个人静静。”

赵七七看了看时间和天色，尝试着说理：“我觉得这样不太合适。”

沈竟容第三次说：“下车。”

赵七七知道多说无用，噘着嘴，十分不情愿地下了车。

车门一关上，车子就飞快地往前开走了。

赵七七恶狠狠地看着车屁股："诅咒你开一半没油了！"

而车内，沈竟容拿起手机拨了一个号码："她一个人在高架下面，你可以考虑一下要不要去找她。"

他挂了电话，长长地吐出口气，对着无边的夜色，轻松地笑了起来。

赵七七独自走在夜深人静的马路上，这会儿酒全醒了，夜风很清凉，吹得她有些冷。

回想在美国的事情，赵七七觉得心里闷闷的，她知道再严重的事情还是要靠自己挺过来。走过了这些路，遇到了这些人，对这个世界的很多事情能看清则看清，也明确了自己真正想要的是什么，但她还是不开心，十分不开心。

走了很久都没看到出租车，赵七七穿的是高跟鞋，这会儿脚有些疼，她看到旁边的草地上有个木椅子，便过去休息。

赵七七看着夜空，想起了很久以前的事情，也试图为自己的未来画一个草图。她记得高三那一年，熬得可说是痛彻心扉，后来终于顺利考入S大，对于家中日益憔悴的父母，终于也可以有所交代。而时间一晃就过，她眼下早已不是当初那个梳一条马尾辫子与好友手挽手在高中校园里瞎闹腾的中学生了，坐在这个陌生的地方，看着地面上的影子，突然感觉自己也变得好陌生。

所有感叹时光易逝怀念过往岁月的言语都能拿出来用，她感觉到眼眶中有泪了，努力控制自己的情绪，却是徒劳。像是睡了很久很久之后突然醒来，发现什么都变了，过往的人和事都不在了。

赵七七吸了口气站起来，正好看到一辆车停在面前，她没多注意，只顾自己走路，不料车主突然开了车门向她走过来。

看到庄希，赵七七再也迈不动脚。

“嗨，”她主动打了招呼，“出来散步啊。”

庄希有种气不打一处来的感觉，散步？这个时间点出来散步？她怎么不问是不是梦游！

还在美国的时候，当庄希冲进那间房间看到赵七七，他就后悔了。后悔自己心里明明那么多次出现了松动，却一直都没有接受她，如果他之前对她能多几分好，那么在经历那种痛苦的时候，她是不是会好受哪怕一丁点？

可这些都于事无补，是他一直以来对赵七七冷面冷心惯了，让她失去了所有的期待，所以当自己想要对她弥补些什么的时候，她连一点点机会也不给。

得知赵七七一醒来就回国了，庄希有想过去找她的冲动，但又怕她根本不愿意再见到自己，思前想后，不去也罢，本就是前后脚十分不搭调的感情，也该草草收场。

但是，还有但是，他用了足足半年的时间，都没有忘记赵七七。他不时地从李沁那里得知赵七七的消息，知道她手不疼了不用去医院了，知道她学分不够要补修，知道她找了份实习的工作，但是每天要坐两个小时的公交车……知道她有了男朋友。

这时候的庄希终于忍不住回国了，他不知道就这么放下在美国的所有事情回到中国，会面临大伯怎样的责难，他只知道，一定要见到赵七七。她怎么可以在勾起了他对爱情的渴望之后又抽身离开？怎么可以让他一个人承受突然失去的失落和痛苦？

庄希决定，他跟她没完。

“赵七七，你是在耍我玩吗？”

“什么？”赵七七看着板着张脸的庄希，仔细回想刚才自己有没有说错什么话，但思来想去，自己好像没说错什么，“我怎么了？”

“你离开美国之前，有没有想过我的感受？”

赵七七心里一咯噔：“什么感受？”

庄希被她这么一反问，忽然意识到，好像是自己比较没有道理，人家追了你那么久都不理她，等人家转身走了你又不愿放手，这说到底，难道还是赵七七的问题？

但庄希知道，这个时候是不能跟她讲道理的。

“你以前喜欢我是不是？”

赵七七点点头。

“你追了我很久是不是？”

赵七七又点点头。

“老师从小就教育你做事情要有始有终是不是？”

赵七七使劲点头。

“那你把我一个人扔在美国算是怎么回事？”

赵七七的头点不下去了，傻愣愣地看着庄希，心想，你现在跟我说这个又算是怎么回事？

庄希沉声说道：“赵七七，你这样太不负责任了。”

赵七七发誓，她现在手里要是有杯水的话，一定会猛喝一口，然后喷庄希一脸！

“我要对你负责？庄希，你吃错药了吗？”赵七七这时候脑子不灵光，没理会庄希的深层次含义，一听他这么说，就觉得自己像是欠了他什么似的，噌一下火气就冒出来了。她在庄希面前一直就跟小白兔似的，这回怎么着也逮住机会暴躁一把了，“人家老说没有知识也得有常识，到了你这儿就是没有情商也得有智商吧，没有智商也得有基本逻辑吧？我是欠了你什么啊我还得对你负责！我承认我一开始是喜欢你，像个白痴一样追你还自以为是地认为功夫不负有心人，但是现在我知道自己错了，是我太年轻太幼稚太不知人情世故太会闹笑话！你真当自己有那么大的吸引力吗，不就是无口无心无表情吗，大街上有的是你这样的，我那是没想清楚才会犯花痴！”

压抑了许久的怒气，也不知道是对庄希还是对自己，现在一下子全抖落出来。赵七七要证明自己才没有被打倒溃不成军，她尚未麻木，思维还在、口舌利索，才不要像无知少女一样遇到点小问题就嘤嘤啼哭，但是那些不听话的泪水怎么就不知不觉地滑落下来了呢？

庄希原本听她说话，脸色越来越难看，但一看她竟然哭了起来，顿时有些慌乱。

赵七七越想越气，哭得更厉害，完了完了，她怎么可以在他面前哭呢？这回真是丢脸丢大了。一念及此，心中更是苦闷，恨不得和庄希打一顿以示自己的决心。岂料一拳头上去，却被庄希借力抱在怀里。

赵七七傻了，多半还是给吓的，但是她一抬头，看到手足无措的庄希，所有的气顿时就消了，眼睛一眨不眨地看着他。

她从来都没有想到庄希竟然还有这种表情，近乎慌乱。

周围有路过的行人，看一眼他们，误以为是闹完小别扭的情侣，偷笑着走过。

但这一刻，赵七七竟然不觉得丢人了，她好像，有点明白庄希刚才说的话是什么意思了。

庄希深吸口气，下定决心似的，把赵七七抱紧了："我向你认错，以前我太笨了，笨到连自己心里的想法都不知道，差点就把你错过了。但是现在开始我会改，你不用这么快回答我，但是，不准逃避。"

A城，庄家。

客厅里灯火通明，庄仕儒坐在沙发上，目光矍铄地看着站在他面前的两个年轻人。

庄家一直就有长辈训话的传统，在庄仕儒看来，这些个儿子辈的在结婚前就是毛头小子。而这一代三个孩子中，只有庄泽已经在几年前和谢叔群的大女儿谢宛结婚。其余两个中，庄迟年纪稍大，但玩心最重；而庄希，却是他最最摸不透的。

这孩子是从什么时候开始变成这样子的？庄仕儒承认，早年他确实忽视过这个没什么特长的侄儿。他以为庄希会像庄迟一样什么都由得自己安排，但四年前，当庄家在美国的暗中势力有所浮动的时候，却是这个孩子主动提出，他要去美国管理庄家在那边的一切事物。

一晃四年过去，这四年，庄仕儒只有在视频通话的时候才能看到庄希，他看着这个孩子逐渐变得深沉果断却越发难以捉摸。眼下，他不听自己的命令就突然回来了，据说还是为了个女孩子，这让庄仕儒觉得不太开心，要知道，以庄家在A城的龙头地位，是不允许子侄私自决定自己的婚姻的。

庄迟站得久了觉得不舒服，不就是庄希回来了嘛，老头儿今天是怎么回事，老半天也不发话。他只好咳嗽一声提醒庄仕儒："爸，我们站得腿都麻了。"

庄迟平日里纵然不守规矩，但在他父亲面前还是从来都不敢造次的，这回敢这么开口，是因为他们的母亲宋毓宁也在一边坐着。这世上能制得住庄仕儒的，也就宋毓宁一人。

果不其然，庄仕儒刚要开口教训一下这个不成器的儿子，宋毓宁就先说话了："仕儒，这都深更半夜的了，你快些把事情说完，让孩子们也早点睡觉。小希这两天才回来，你也不让他多陪陪仕宜。"

庄仕儒温言道："你要是累了就先去休息。"

宋毓宁笑道："我去给你们热牛奶。"

宋毓宁一走，庄仕儒就瞪了庄迟一眼："我已经和老程说过了，打算让程一菲进我们家门。"

庄迟装模作样道："小希不是有喜欢的女孩子了吗？爸，您真要棒打鸳鸯不成？"

庄仕儒哼了一声："少给我磨嘴皮子！我说的是你！"

"我？"庄迟一脸苦楚，"你让我娶程一菲？要是我没记错她都快三十了吧！"

庄仕儒看着庄迟："哪有三十？你这浑小子！我看她就挺好，端庄持重，最重要的，能管得住你。"

庄迟觉得头都大了，他知道庄仕儒给他挑媳妇肯定要在A

城那几个家族里挑的，但找谁不好偏偏找到了那个最最难搞的程一菲！看在能叫程绍均一声小舅子的份上，要是程一熙还没出嫁的话他倒也乐意娶，起码人家温柔贤惠啊，但要让他对着程一菲那张一年到头都不会笑几次的脸……他不敢想象了。

“爸，换一个成吗？”

“混账！你当是菜市场买菜！”庄仕儒的拐杖差点就要打上来，好在庄迟躲得快。

“没出息的！”庄仕儒叹了口气，“程一菲也是不错的，你先试着处处看。”

庄迟一听，顿时就跳脚了：“爸，我不要程一菲，我不喜欢年纪比我大的，老白菜似的啃不动啊！”

这回庄仕儒的拐杖毫不犹豫地就上去了。

“哎哎，爸你别打我，疼死我了……轻点啊，我虽然不是你亲生的，但打坏了您也得心疼！还有我亲爹你弟弟，在地底下看到你打我，一定会抹眼泪的……”

宋毓宁正好热完牛奶出来，一看庄仕儒举着拐杖在打孩子，忙放下牛奶上去拦着：“够了够了！我才走开一会儿你又打他，要不要连我一起打！”

庄迟十分见机行事地躲到了母亲身后。

庄仕儒无奈地放下拐杖，皱起浓眉：“都是你惯的！”

庄仕儒这么安排确实是有原因的，A城四个大族中，庄家与严家素来不太和善，那么剩余两家就必然要拉拢，大儿子庄泽已经和谢宛结婚，庄迟和庄希毕竟是侄儿，和自己亲近点的庄迟自然要和程家的女儿结婚。

至于庄希，这个他看不见底的侄儿，庄仕儒本意是让他自己在几个大家族中间选，以便可以对他的想法一探究竟，可这会儿却又听说他特意为了个女孩子回国。

宋毓宁看出来，庄仕儒想单独和庄希说话，便找了个借口，把庄迟支走了。客厅里只剩下庄仕儒和庄希二人，庄仕儒看了庄希半晌，沉声道：“你和那个女孩子，是什么关系？”

庄希低着头，眉头微微一皱道：“一个同学。”

庄仕儒似笑非笑地看着庄希：“一个同学，就值得你把对方的头目给杀了弄出这么大动静？”

庄希呼吸微微急促，努力沉着气：“是我太冲动了。”

“这个事情，到现在为止也算是压下来了，不过你真应该深刻反省下自己的所作所为。”

“我明白。”庄希思考片刻，“虽然事情现在已经稳定下来，但后续的事情，大伯，希望你能安排别人接手。”

庄仕儒脸色一变：“怎么，不想干了？”

庄希抬起头看着庄仕儒，坚定地点了点头。

庄仕儒压抑着火气，沉声道：“我培养了你这么多年，你现在就告诉我一句‘不想干了’，你知道为此要付出多大的代价吗？”

庄希道：“庄家的所有资源，我都愿意放弃。”

“现在说这种话，是不是太早了点？”庄仕儒沉思了一会儿，转移话题，“刚才说了庄迟那么久，其实你也差不多该找个合适的对象了，我想了想，还是谢家几个丫头最称心，谢宛嫁给庄泽的这些年，从没出过什么乱子。只可惜谢小北打小就和殷家订了亲，谢娴也和徐家那孩子牵扯不清。”

庄希只低眉听着，不说话。

“婚姻大事，可别像你二哥这样，”他顿一顿，“我听说，谢小北去美国找过你？”

“大伯您别误会，我和小北只是朋友。”

庄仕儒眯起了眼睛，谢小北是整个谢家的宝，谢家的女儿无论品行还是样貌都是万里挑一的，她们中无论哪个，都对庄希未来的发展有好处。作为家族的族长，他自然不希望庄家的下一任势力过于分散，原本他对庄希心存疑问，但这么看来，这个孩子是真的对权势不甚在意。

“你再好好想想。”庄仕儒拍了拍他的肩膀。

庄希看着地面，道：“我已经想清楚了。”

十二/念由心生

赵七七觉得A城和S城最大的区别是，在S城的地铁上她从来没有打过瞌睡，来往行人沉默寡言步履飞快，像是在进行着一场持续无终止的战役。这样的节奏给她一种不能有丝毫松懈的错觉，每时每刻都要保持高度的警惕。而A城的地铁上，有种不一样的暗沉，这暗沉让她觉得放松，即使是身边有人在高谈阔论，她只要一坐下就能昏昏欲睡。李沁曾经调笑着说，这就叫文化底蕴，极高明而道中庸。赵七七觉得她很是喜欢A城这样慢条斯理的步调。

眼下，赵七七坐在地铁里，一边打着瞌睡一边遐想未来。面临大学毕业的孩子，对未来总是有各种遐想的。

赵七七觉得自己有两条选择：一是继续留在S城，在爸妈身边找个本分的工作，然后本分地上班本分地结婚本分地生子……二是去一个陌生的城市，一个人，面对机遇和挑战。

赵七七其实不太喜欢S城，总觉得那里缺乏人情味，是个没有钱就活不下去的地方，留下来也好不到哪里去。

要不就在A城？起码，庄希在这个城市。

想到这里，赵七七恨不得给自己一个巴掌。

她给家里打了个电话。七七妈说，闺女啊，早点回来吧，这里工作稳定，你一回来妈妈就给你安排个小伙子相亲。

赵七七一听这话，回家的心思少了大半，忙让老妈把电话给老爸。

七七爸说，小七啊，年轻人总要有点拼劲，趁着你爸妈身体还好，想做什么就做什么吧。

思前想后，赵七七在地铁上睡着了。

她今天是去听围棋展示会的，那天杀的沈竟容竟然一分手就翻脸不认人，丢给她展示会的门票之后就一个人先回了S城，这会儿她只好自己一个人去。

一个人就是这点不好，说睡就睡过去了，这一睡睡得昏天暗地，醒来的时候对上一张笑眯眯的脸。

赵七七在心中赞叹一句，好漂亮的女孩子。

那漂亮女孩子问她："姑娘，你睡够了没？"

赵七七睡眼惺忪地从她肩上抬起头，尴尬地看着她外衣肩膀上的一摊口水："到……到站了啊。哎呀，我坐过站了！"

她猛地抓起包冲出地铁，才一会儿又冲回来，立在那个女孩子面前："那个……你把外套给我，我洗干净了再还你。"

那人递了张纸巾给她，示意她先把嘴边的哈喇子擦干净，又憋着笑脱下外套放在她手里："巧得很，我也坐过站了。"

A城地铁一天的人流量将近四百万，如此四百万分之一的概率，让赵七七和谢小北以这样一种方式认识了。

很多年后赵七七感叹，她的生活中总会出现不切实际却又最为现实的际遇。

赵七七和谢小北一起坐了反方向的地铁。才过了一站，地铁上就挤满了人，一个老奶奶被挤得动弹不得，表情很是痛苦。赵七七忙站起来让位，可屁股才离开座位，一个大叔就挤上来坐下了。

赵七七抿了抿唇，低声道："大叔，这个位置能不能让给那位老奶奶，她站得比较辛苦。"

那大叔也不是A城的人，说着一口赵七七听得不是很懂的家乡话，但是大致意思赵七七听明白了，不外乎是"她站着累，我站着也累，这座位上又没写名字，是我先抢到的"。

赵七七在周围人的目光下甚至有些红了脸，刚要发飙，就见身边的谢小北噌地站起来，冲着那大叔大吼："你到底让是不让？"

气势，果然就是气势。

那大叔看了她一眼，犹豫了几秒后，小声咒骂了一句离开了座位。

赵七七心里乐了，看了看身边的谢小北，倍感轻松。

谢小北也似找着了同类似的，得知赵七七和她在一个站下，更是开心，两人往出口走着，随意聊起天来。

谢小北抱怨道："我每次坐地铁都会坐过站。"

"我也是，老打瞌睡。"

"你准备去哪儿呀？"

"听一个展示会。"

"围棋的？"

"难道你也是？"

"老天！我怎么没早认识你！"

两人你一言我一语到了地铁口，赵七七手机响了，拿起一看，是庄希。

“往前走，我在左边那个转角。”

赵七七往左看去，果然看到庄希，他身边还站着个男人。

谢小北瞬间反应过来，指着赵七七恍然大悟：“哦，你就是庄希在追的那个人！”

赵七七顿时红了脸，心想，谁追谁啊。

挂完电话后，赵七七才看到自己手机上还有一条未读短信，来自沈意容：“还有一张票，我给了庄希。”

赵七七给他回了个棒槌的表情。

庄希身边的男人走过来，一脸宠溺地看着谢小北：“怎么突发奇想地坐地铁去了，害得司机傻等了你半小时。”

谢小北挽住他的胳膊：“想和广大人民群众站一起，晚点回去的时候给他买烤鸭赔罪。”

赵七七看着他们，一个英俊一个漂亮，很是般配。

说是围棋展示会，其实近乎是场拍卖会。

几位名家切磋技艺分了胜负之后，所有刚才用过的棋就一副副全摆出来拍卖。赵七七很是眼红其中一套白玉做的，无奈出自名家之手，底价就是天价。

谢小北问身边的人：“你就没有喜欢的？”

对方摇摇头：“省得又有人说我乱花钱。”

谢小北嘟着嘴：“我有吗？我才没有。”

庄希笑道：“你们还真打算存够了钱就远走高飞？”

两个人都只是笑笑，没说话。

庄希无奈地摇摇头，见赵七七盯着台上的棋盘，眼珠子都圆了，问道："你喜欢？"

赵七七忙摇头："我就是看着挺玄乎而已，压根不会。"她才不会告诉庄希，自己曾经学了一年围棋，但是至今还停留在菜鸟级别。

庄希道："那你还来看，我之前还觉得新奇，总算有个人和斯南爱好一致了。"

一旁的谢斯南说道："也算不上什么爱好，一样闲着，打发点时间。"

正说着，那副棋的价格已经被抬到十六万。

赵七七听到后面有个年老的声音喊价喊得特别起劲，忍不住转过头去看了眼。

这一看，可把赵七七吓了一跳，真是人生何处不相逢。

"赵大爷，您怎么也在这儿？"

那老头戴着个黑乎乎的小帽子，下巴留着条长胡子，一看赵七七，笑得眼睛眯成一条缝隙："嘿，这不是小七丫头！"

"您不是被抓进去了吗？"

"你这丫头说话怎么总给人添晦气，我进去了就不能出来了？"老头说道。

话说赵大爷是个神神道道的人，曾经在赵七七学校后门的那条小巷子摆过一个算命的小摊，据说他的卦每卦必准。赵七七以前没事做的时候时常去他的摊子前瞎晃悠，两人又是同姓本家，久而久之和他就熟了。赵七七去美国前，听闻赵大爷因为宣扬封建迷信被抓进局子，还和同学大肆哀叹过一番。

"您出来多久了？"

赵大爷捋捋小胡子："住得不习惯就出来了。"

赵七七小声嘀咕："当那儿是您家啊？"

赵大爷笑道："我给局长算了一卦，说他年内一定生儿子，他就放我出来了。"

"然后呢？真的生了儿子？"

"要真这样，我还逃到A城来做什么？"

赵七七对他竖起了大拇指。

才这一会儿时间，价格已经到了二十四万，赵七七提醒赵大爷："您怎么不加价了？"

赵大爷偷偷附上赵七七的耳朵："我就是来卖这棋的，刚才不是得装装样子，把价格往上抬嘛。"

赵七七听完，再次对他竖了大拇指。

最终，赵大爷的棋卖出了二十四万，出门的时候，他乐颠颠地拉住了赵七七："小七丫头啊，爷爷我今儿高兴，给你们算一卦。"

赵七七笑得有点抽筋："算什么呀？"

"当然是姻缘啊，"说着，他笑呵呵地看向庄希，"瞧你们这小两口多般配。"

庄希也笑笑："那就算吧。"

赵七七从赵大爷的竹筒里随便抽了根竹片，打开一看，写的是：一念微尘，一念天地，一念福兮，一念祸兮。

"这怎么解？"

赵大爷笑眯眯地看着他们："念由心生，说的是放与不放只在一念之间，你们如果现在分道扬镳也不会太计较得失，若继续走下去，则是福祸相依，至于究竟是福是祸，爷爷我也说不清咯。"

赵七七有些纳闷，看了眼庄希，又低头看着鞋子。

谢小北见着好玩，也从竹筒里抓出一支签："赵爷爷，您也帮我看看。"

赵大爷接过竹签，看了几秒，皱起了眉头。

赵七七看过去，竹签上写的是：美则美矣尽未尽，伤则伤矣了未了。十方世界由心生，菩提树下映日果。

见谢小北愣愣地看着那几行字不发话，赵七七忍不住问道："这是什么意思？"

未等赵大爷说话，素来喜形于色的谢小北，骤然红了眼睛，转过身就往马路的另一边疯跑起来。

谢斯南大叫一声："小北！"

他和庄希打了个招呼，马上跑去追谢小北。

赵七七不明所以，扯扯庄希的袖子，用眼神发问。

赵大爷叹一声："映日果，俗语说是无花果。尽未尽、了未了，可这十方世界真真假假不说，菩提树下开的都是无花之果，这……这实在不是什么好话呀，爷爷我看也就这样了。"

告别了赵大爷，赵七七和庄希一路沉默着走了很远。庄希突然说了句："他们是兄妹。"

赵七七一时间有些蒙，等到反应过来，不禁"啊"的一声，瞠目结舌地看着庄希："兄……兄妹！"

"是啊，"庄希的语调难得这么沉重，"我也是这阵子才知道的，以前还只以为是他们兄妹感情好。"

"那他们身边的人呢？知道了怎么办？"

"他们在一起三年，瞒得很辛苦，这段感情太难太累了，但是又舍不得分开，所以格外珍惜。”

赵七七不由得担心：“那以后呢？难道真的像你刚才说的，存够了钱就离开这里？”

庄希摇摇头：“谈何容易。”

赵七七挠挠头：“我真是、真是……长见识了。”

庄希揉揉赵七七的头发：“不说这个了，带你去吃东西，想吃什么？”

赵七七对这突然的亲昵有些难以招架。

“肯……肯德基。”

“好。”

赵七七憋了一会儿，还是问道：“你为什么喜欢吃外带全家桶？”

“因为妈妈在的时候，每次都买这个。”

“对不起，又提起你的伤心事了。”

“没事。”

（谢小北和谢斯南的故事见于《你是我最倔强的决定》，网络原名《南纬以南，北纬以北》）

吃着肯德基的时候，赵七七一副心不在焉的样子。

庄希问道：“还在想谢小北的事情？”

赵七七点点头，继续啃鸡翅。

“赵七，对不起。”

赵七七噎了一下。

然后就听庄希开始长篇大论：“我也是知道了他们的事情之后，才开始想，什么是爱情。想着想着，我就想到一个人，在美国的时候她对我那么好，但是我没有珍惜，现在追悔莫及都没有用。我不知道怎么追女孩子，所以犹豫了很久都不敢去找你，直到沈竟容告诉我你对我其实……还没有完全忘记，所以我……”庄希看着赵七七，有点语无伦次，“对不起，其实我想说的是，我现在后悔还来得及吗？我很想，把以前来不及对你的好都弥补上，珍惜你、保护你，再也不让你受伤害，赵七，你……怎么说？”

赵七七机械地啃着鸡翅，心中翻江倒海的，表面上却故作轻松道：“你怎么表白都这么平平无奇的，就请我吃个肯德基，说的话还这么老套，一点诚意都没有。”

庄希低低道：“你以为你追我那会儿很创新？”

赵七七抬起头瞪着他。

庄希继续把话说完：“又是毛绒玩具，又是棒棒糖的，我又不是女孩子。”

赵七七拿起一个鸡腿，狠狠地咬了一口：“你不喜欢可以不要啊。”

“那怎么办，现在要都要了。”

赵七七找不到措辞，干脆闭嘴不说话。

庄希晃晃她的可乐杯：“喂，我昨晚就让你好好考虑了，你想得怎么样啊？”

赵七七夺过可乐杯，咬着吸管，支支吾吾道：“我以为你喝糊涂了说胡话的呢。”

“那我现在是清醒着的。”

对面光线里面的那个人，因为外头阳光的关系，被光影分割得深沉又明朗。

赵七七觉得他还是那么好看，所以自己面对着他，怎么看都矮一截，怎么笑都不自然。她不知道之前为什么每次长时间看着这个人就会魂不守舍，这会儿她明白了，其实严离说得对，她和庄希之间的距离，很遥远、很遥远，他背后的世界，是她望而却步，不敢直面的。

赵七七接着说道：“小时候我喜欢画画，爸爸妈妈开始是很积极的，但越是学到后来，花费越大，他们渐渐就表现得不那么积极了，开始的时候我很不开心，但是时间长了就明白了，又过了很久，我真的就不喜欢画画了，拿着笔都不知道怎么下笔……”

赵七七絮絮叨叨地跟他说自己小时候的事情，努力想要说清楚现在的心情，但是说到一半，看着庄希那张似乎在发呆的脸，突然就刹住口，她实在不知道，要怎么平息眼下心中的混乱。

她喝了一口咖啡，却把自己呛了，也惊醒了庄希。

庄希傻了一会儿，慢慢才反应过来，问：“你是想说，我们的背景差异太大？你害怕庄家？”

赵七七点点头：“在美国的时候，我觉得你和我们是一样的，但是回到中国，见到了你的哥哥、你的朋友，我觉得，其实你和我们不一样。”

“我知道了。”庄希的声音是轻快明朗的，“对不起，是我想得太简单了。”

“谢谢。”赵七七笑得那样轻松，这一刻，她觉得自己最善于伪装的就是轻松。

“送你回宾馆吧，明天的飞机吗？”

赵七七摇摇头："不用了，还不打算回去，难得来一次，我自己出去转转。"

"天都快黑了，我陪你吧。"

"那我还是……回宾馆吧。"

A城的风比S城冷许多，他们站在外面前前后后走了老半天也没拦下一辆出租车。

庄希试探着问道："那次……后来……害怕吗？回去之后有没有经常做噩梦？"他的声音有些涩涩的，要说这世界上他最最后悔的事情，就是在万圣节的那晚，没有早点找到那个名叫赵七七的女孩子。

"没有。"赵七七摇了摇头，"医院里醒来之后，我就不害怕了。"

"那之前呢？"

"怕，很怕，恨不得立马就死过去。"

"赵七，我也害怕，那时候，很害怕很害怕。"

"我甚至想到了小时候去火葬场看爷爷火化的时候。那年我还在上小学，在火葬场里走丢了，走着走着看不见一个人，我就好害怕，以为整栋楼里面只有我一个人了。我还喜欢看恐怖片，那个时候恐怖片里的各种事情就全冒出来了，想着马上就要有鬼出来了，我就吓得哇哇大哭，一哭，就被我妈妈给找到了……那次，被关起来的那次，我也吓哭了，但是再怎么哭都没人理我，我亲眼看到那人拿着刀过来……"

"七七！"

庄希突然很大声地喊她，喊得她耳膜都疼了一下。

"不要再想那天的事情了，好不好？如果我的出现让你回忆起了那么多不开心的事情，我消失。”

这时候终于叫到车了，两个人一起坐进后排，谁也没有再讲话。

车子穿梭在灯火逐渐亮起来的夜景中，偶尔有喇叭的声音，偶尔是行人的声音。

赵七七在心里压抑了一整天的难过好像终于找到了一个缺口，她觉得自己的声音有些哽咽，低着头，不愿再多说话。

就到此为止吧。她想。

十三/自力更生

回到S城后，赵七七的日子就像是被设计好了的那样按部就班，实习、毕业、应聘、工作。她一毕业就直接签了外企CL化妆品公司，任职S城分区的销售总监助理，虽然与自己所学专业不挂钩，但收入稳定、上司靠谱，她也就安安心心工作了。

因为去年销售部的业绩烂到低谷，她这个月被派到B城分区学习销售市场的管理经营秩序，以改善S城分区的管理标准，为期两周。听说B城分区的销售总监是个年龄不到三十的年轻人，工作起来却极为老练，也不知是用了什么方法，竟然在一年时间内让销售总量成倍增长。而让赵七七为难的是，那人的脾气据说不是很好，难以交流。她呼了口气，看来这一行，有些艰难。

离约定时间还有两天，赵七七打算先去李允贞那里一趟。

刚到B城睡不好，有些小感冒，她吸了吸鼻子，在车座位上换了个舒服的姿势靠下。半梦半醒中，听到身边两个年轻人正聊得起劲：“什么叫蝴蝶效应？就是你现在在地铁上打个小哈欠，美国那边儿，自由女神像倒塌了。”

赵七七正把一个哈欠打在半途中，听见这话的时候想起了在那里认识的某人，这哈欠就不由自主夭折了。

听李沁说，庄希又回了美国。

赵七七自嘲地笑笑，在那边的事情都过去那么久了，还记挂着做什么，在她看来，大抵不过年少时候的一丁点印记，如果没有回国后的再次遇见，或许他们已经成了陌生人。其实赵七七是很胆小的，胆小到庄希终于回过头看她的时候，她选择了落荒而逃，那么至于他现在身在何方，关自己什么事。

她给李允贞打电话：“贞贞，我到了。”

那边先是一阵嘈杂，随后，李允贞清晰的声音传来：“你在哪儿啊我来接你，机场还是火车站？”

赵七七看着周围来来往往的人群，道：“我是坐高铁来的，在火车站呢。”

“傻帽！”对方几乎在电话中给了她一个栗暴，“也不早跟我说，原地站着，我来接你！”

赵七七在这头忍不住就笑起来。

又要见到她了，真好。

李允贞是赵七七大学期间最好的朋友，现在在传媒行业混，也是摸爬滚打百般辛苦，许久没见了，甚是想念。

不一会儿车子到站，赵七七从人群里挤了出去，出站不久手机就响了，李允贞的头像在上面一闪一闪。

赵七七一脸高兴的笑容：“贞贞，我到啦！”

“在哪儿了，我来接你。”

赵七七正要张口回答，就看到对面一个卷着波浪长发、身材高挑的漂亮姑娘东张西望着，她笑了笑对着电话说：“你头发长了好多。”

李允贞惊讶道：“你看见我了呀！”

“嗯，在你对面呢。”

李允贞左顾右盼的，目光从赵七七身上掠过竟然还瞧不出来，急道：“你在哪儿啊，我怎么没见着。”

赵七七哀叹一声，小跑着过去，在李允贞肩上重重一拍。

“你眼睛真大！就这眼力劲儿，幸亏当时电视台没真要你去做记者！”

李允贞眯着眼睛把她仔细打量一番，深吸了口气：“果然，上了班的姑娘就是不一样，这变化也忒大了点！”她咂咂嘴，“再过几年结了婚生了娃娃当了娘，那可怎么办是好。”

“我有变化很大吗？”

“可不是，现在都穿正装了。”

赵七七抱怨：“我这是出差，没办法。在我不幸步入妇女行列的情况下，你还是一枚青春美少女，如此对比之下，我心中的羡慕嫉妒恨简直无法用言语来形容！”

看着眼前这个和当初也有所变化的好友，赵七七心中有种说不出的感觉。倒也并非难过大家身上少了以前那种肆意张扬的自由，该来的始终会来，她和李允贞不可能永远都坐在学校操场上喝着西瓜汁看云朵，她们会长大，会老去，只不过在这一天还没有到来的时候，她忍不住又想起以往两人不知天高地厚的时光，突生怅然。

她们一路说着话，往李允贞住的地方走去。

李允贞年前刚领了结婚证，却没有办酒席，算是隐婚一族，她平日里还是住在自己租的一套六十平方米的小公寓里，一室一厅，地方虽然不大，但地段极好，布置得又清新雅致。赵七七想想自己和别人合租的二十平方米小单间：“啧啧，这生活过得滋润。”

李允贞道：“你就在S城工作，为什么不住家里？”

“离开父母，自力更生。”

李允贞拿过她的包，笑说：“懂了。”

赵七七跺了跺脚，放松下腿部肌肉，无奈地说道：“你不知道我现在懒成什么样了……一天到晚坐着，走几步路都累得不行。”

赵七七想起了她们大学在一起的那几年时光，怀念早晨宿管阿姨的查房和学校食堂的荠菜肉包，还有每天早上同时响起的两个闹钟……那时候赵七七睁开眼睛之后的第一件事就是把李允贞从床上拖起来，李允贞白日里是很勤快的一姑娘，可一到早上就会赖床，三声五令之下才像睡美人似的掰开双眼。双休日的时候她们一起逛大街走超市找地方吃饭，李允贞总说，七七啊，等我们存够了钱就一起买大房子养小宠物，找份要多轻松有多轻松的工作，生活倍儿滋润。赵七七总是点点头表现出一脸的憧憬。

吃过晚饭，李允贞突然对赵七七说：“一会儿要不要去我家看看？”

“嗯？你家？”

“傻帽，我结婚了呀，刚在隔壁小区买了房子，只是不太回去住。”

赵七七愣了几秒，然后突然笑起来：“去去去！你们结婚都不给我机会闹新房！”

下午，赵七七就去了李允贞的新家，其实她一直挺心疼李允贞的，她父母自从五年前吵了一架之后就分崩离析了，两人各自有了新的家庭和孩子，对这个可以自食其力的女儿再也不闻不问。

李允贞长得好看，走在路上的时候总会引来不少的回头率，但是她的爱情并不顺利，从高中就和她在一起的那个男朋友终于为了自己的事业放弃了这个一无所有的女孩子。赵七七当初真恨不得冲到那个人家里把他打一顿，但李允贞只是擦了把眼泪，说了句“随他去吧”。

这几年来她们联系不多，很多次赵七七想起李允贞的处境，都想对她说“找个合适点的人嫁了吧”，但是话到嘴边却从没有说出来过，她深知李允贞不会放任一个什么都没有的自己去依赖什么人，即便是将来要在一起生活一辈子的丈夫。这便是她认识的李允贞。

眼下，赵七七再次见到李允贞，却改变了这样的想法。

这个穿着家居服，举手投足间充满幸福的女人，真是让人羡慕啊。

李允贞见赵七七看着墙壁上大幅的结婚照，笑道：“七七，你跟我同年的吧？”

赵七七点点头：“嗯。”

“还没考虑终身大事？”

“不着急啊，我青春年少！我事业心强！我要努力奋斗！”赵七七志气满满。

李允贞钩起赵七七的胳膊：“要说，咱都这么久没见了，你不会还一直都是单身吧？”

赵七七嘟着嘴，装模作样祈祷：“我的心上人，不知道他现在在哪个故事里扮演着手拿金箍棒暴打牛魔王的悟空形象，亲爱的上帝，他没有金甲圣衣，没有七彩祥云，也不在我的身边，所以，如果你看到他，请先帮我照顾好他，并且告诉他，公主正在披荆斩棘的路上，五指山什么的，都没有关系的。”

李允贞恨铁不成钢地敲她：“赵七七，有点儿觉悟好不好，你该不会也抱有那种独善其身的想法吧？我上星期在网上看见一帖子……”

“打住打住！”赵七七制止她，“咱能不说这个话题吗？我这不……我这不还没准备好嘛。”

“叫你谈恋爱又不是叫你结婚，准备什么啊准备！”

赵七七想法子转移话题：“李允贞同学，你打算什么时候生宝宝？”

李允贞笑笑：“快了吧。”

赵七七的眼睛瞪得滚圆滚圆。

李允贞道：“你有什么高见？”

“你想想啊，前几年，我们自己都还小孩子呢，见着警察都要叫声警察叔叔，要是突然跑来一小孩叫你声阿姨你都要起一身鸡皮疙瘩。要是……要是现在，生活中突然多出来一个小东西喊你妈妈……”她觉得有点难以置信，“那多可怕……”

“警察叔叔！”李允贞一口水差点没喷出来，“你现在跑大街上叫声试试，看看我们B城的民警同志们怎么回应你。”

赵七七吐了吐舌头。

一个不容易被岔开话题的人，别人顶多觉得他思维清晰很难糊弄，而一个极为容易被岔开话题、但是又能在岔了一圈之后坚定地回到原点的人……赵七七面对李允贞的问题很无奈。

“赵七七，来，和姐姐说实话，有没有喜欢的男孩子？”

这么一问，赵七七理所当然就想到了庄希，这一想，就脸红了。

她望天：“俗话怎么说来着，‘婚姻是爱情的坟墓’。”

李允贞拍拍胸口，振振有词：“别听没结过婚的人瞎说！现在，一个从坟墓里爬出来的已婚妇女，我李允贞告诉你：婚姻，也可以是爱情的天堂！”

赵七七觉得额头有点抽筋：“你知道吗贞贞，我上星期还在网上看到一个资料分析，那些个头脑简单的小白级人物，说起话来通常要比正常人能扯。我现在……要是给我个QQ表情的话，就是脑袋上贴着很多个叉叉的那个。”

李允贞显然没有明白赵七七话中的真正含义，正声道：“网络这东西也是害人不浅啊，什么‘爱情的坟墓’，那都是一些得不到的人天天对着电脑幻想出来的，你不信结个婚试试。”

赵七七无奈地说：“小白啊，你是对的，你不上网也很好，但你应该知道有句话叫‘断章取义’吧？”

“嗯，怎么着？”

“我的意思就是说，你听到的那句话啊，后面还有半句：‘但若无婚姻，爱情将死无葬身之地’，所以，我说啊，你理解得对啊，我是该早早地找个人嫁了。起码，坟墓里不用交房租！连房子问题都没了，反正那怎么涨都涨不过房价，一样是不动产，这还终生制的，什么水电煤气电话费，一条龙，全部解决！”

这下轮到李允贞愕然了，过了会儿说：“算了，你还年轻，提什么婚姻不婚姻的。”

赵七七一脸奸笑，心想，婚后方知柴米油盐的苦啊。

李允贞汗颜，很适时地说：“饿了吧，要不我们现在去解决中饭？”

赵七七点点头：“我突然很想吃面。”

“楼下有家我常去的面馆，虽然担仔面的味道没有我们学校的好，不过也能将就。”李允贞正说着，手机响了，她看了看屏幕上显示的号码，毫不迟疑地按下了拒绝接听。

“怎么不接啊？”

“中国移动。”

“这不得罪你手机的上帝吗？”

李允贞美美地一笑：“咱才是上帝。”

她们收拾好东西出门，出了小区大门之后拐个弯就到了那家面馆。

赵七七一看店面，很是喜欢，因为这家面馆的名字就叫“卖面的馆”。大大方方的正楷标牌，黑底红字，特正派。

这个点儿面馆的生意还不是最好，出入都有服务员开门，赵七七很笃定地说了句评价：“一看就知道不是黑店。”

那服务员盯着她们看了老半天，惊得李允贞忙把赵七七拉到里面乖乖就座。

服务生特勤快地跑过来招呼，极力证明这卖面的馆绝对不是家黑店。

“你们要吃点什么？”

李允贞伸出两个手指头向他比画着说：“老样子，两碗担仔面加两杯甜豆浆，豆浆要大杯的。”

她们找了个靠窗的位置坐下，其间李允贞的手机又响了两次，还是被无情地按掉了。

赵七七喝着豆浆，咂吧着嘴说：“这年头，中国移动倒还挺有耐力的哈，有种不到黄河心不死的决心。”

李允贞把手机关机，扔进包里：“喝你的！”

赵七七吃着久违的面条，看着窗外走过的人群，不知不觉中又有些犯困，忽然一个熟悉的身影出现在眼前，她猛然瞪大了眼睛。

那个人……不正是今天在李允贞的照片上看到的她老公！

赵七七捅了捅李允贞：“我貌似知道中国移动接下来的发展态势了，正在以肉眼看得见的速度朝着你的住宅地蔓延。”

李允贞顺着她的目光看去，笑容顿时僵硬在脸上。

赵七七问她：“贞贞，怎么回事啊？你们不会是新婚就吵架了吧？”

“别理他。”

赵七七看了眼李允贞的包：“这样不太好吧，你刚才不肯接他的电话吧，还中国移动！”

李允贞继续咬着面条，看着对面嘴上罢工了的赵七七：“你吃饱了？”

“嗯。”

“你好像有些感冒，吃药了没？”

赵七七点点头：“一天三顿，一颗都没少。”

李允贞说：“再不好要上医院看看啊，这个季节最容易生病了。”

“我哪有那么娇弱，以前感冒都不用吃药的。啊，还是注意点不要传染给你，免得你老公把我大卸八块。”

李允贞咳嗽了一声：“言重了啦，我家老公其实还是很善良的。”

赵七七抖了抖，说：“那么，你确定现在不用打个电话给你那位英俊善良的老公吗？你们要有什么事情我可以先遁的，没事。”

“嘿，我是那种见色忘义的人吗？”李允贞很坚决。

吃完饭，李允贞拉着赵七七在大街上溜达了一个大圈，才姗姗往回走。心想着那个人向来把时间算计得紧，今天下午他似乎还有会议要开，才不会干等这么久，总该走了。

两人一路说笑着走上去，赵七七还打趣：“喂喂喂，你们吵架了就吵架了呗，小夫妻嘛，床头吵架床尾和，犯不着这么躲着人家，他又不是老虎，还能吃了你不成啊。”

“真要是老虎，我还不躲了呢，可是有的人呢，偏就比老虎还……算了，诅咒他今天吃薯条没有番茄酱！”

走到最后几级楼梯，李允贞的声音戛然而止。

赵七七正累得一手撑着腰，见情况有些异样，连忙抬起头看看。

一个穿着黑色西装裤和白色衬衫的板刷头美男正居高临下地看着李允贞。赵七七在短时间内回想了一下刚才两人的对话，好在，没有什么过分的话。也好在，这个男人似乎并没生气。

赵七七咳了两声："我要不……先回避一下？"

她说着正要转身，却被李允贞一把拉住："七七你走什么。我介绍一下，这是我大学同学赵七七，这个，我老公，徐崧文。"

赵七七被她拉着，正要往前走，听见徐崧文沉声道："比老虎还要恶毒的我从来不吃薯条，每次都是被某人逼着吃的，某人每次吃薯条的时候恶毒的我都要去服务台多要几包番茄酱，吃不完还会被要求带回去烧番茄鱼，所以冰箱里永远都不缺番茄酱。"

李允贞哼了一声："什么意思啊，知道认错了？"

徐崧文本想道歉，但看着赵七七在场，又拉不下脸："李允贞，我以为你一向很理智，为什么这次……"

李允贞打断他的话："再理智的人都会有丧失理智的时候，况且我认为自己现在很清醒，清醒的我不会做出像泼妇骂街那样的行为，也不想和你打架，所以，麻烦请你在明天上午之前不要让我见到。"

徐崧文有些挫败地说："真的一点余地都没有？"

"没有。"

赵七七见形势有些不妙，拉拉李允贞的手。

"你别这样。"

李允贞不动声色。

徐崧文见她这么坚决，叹了口气，走了。

李允贞一直听到他的脚步声消失，才转头看着赵七七，眼里一点点溢出泪水，哽咽着叫了她一声："七七……"

赵七七一手抱着她的肩膀，找到钥匙开了门，叹道："到底怎么回事啊？你们不是才结婚吗？犯不着对他这么凶巴巴的，一点机会也不给。”

“我怎么不给他机会了，可是你看他刚才的样子，那样颐指气使的样子，像是来给我道歉的吗？”

颐指气使？赵七七觉得用这个词来形容徐崧文不是很妥当，不，是非常不妥当。看得出徐崧文已经是很有耐心地在跟她说话，但是……那些耐心只够哄哄小孩子，要哄一个女人，特别是正在气头上的女人，这样的耐心是远远不够的。赵七七此刻真的很想敲敲那位移动先生的脑袋，跟他说一句，你有点磨豆腐的觉悟好不好啊！

当然，她这样做的话从表面上看明显就是站错了阵营。于是，赵七七只能在李允贞耳边旁敲侧击：“你看哈，他到了家知道你不在也不进来，在门外等待那么久，忍受你的不接电话，又耐着性子把薯条和番茄酱的事情讲得那么井井有条，其实已经足够证明，他很有耐心了。”

李允贞擦了把眼泪：“我倒是希望他能跟我生气，而不是以这种对待手下员工的态度来对待我，不冷不热的。每次就知道摆事实讲道理，我听着就难受。”她不忘瞪了赵七七一眼，“你怎么还胳膊肘往外拐。”

赵七七尴尬地笑笑，心想，这样不行，那只能从源头找出问题所在：“贞贞啊，你们之间到底发生了什么问题？”

李允贞一下子扔出一堆问题：“你能忍受你的老公和别的女人在一起的时间比和你在一起的时间还长吗？你能忍受你的老公给别的女人打电话的时候千言万语说不完跟你打电话的时候就只有一两句话吗？你能忍受他整天和别的女人出去吃饭唱

歌玩一下午可是连陪你吃份薯条的时间都没有吗？”

赵七七摇头，摇头，还是摇头。

她以后老公要是敢这样，她一定要离家出走！

李允贞吸了吸鼻子：“虽然……那都是工作需要。”

赵七七恍然大悟：“那就不一样了啊，什么女同事啊、女客户啊，总不能让他不跟任何女人接触吧。”

李允贞气道：“可是那些女人总缠着他，一有空就打电话、吃饭、聊工作，哪有那么多工作好聊的！”

“那也不是他缠着别人，他是被动的。”

“可是他从来不知道拒绝，乐在其中！”

赵七七有些心虚：“或许……身不由己啊。”

李允贞看她一眼：“你又知道了。”

“我的意思是，结了婚的肯定就不一样了嘛，他那也是在养家糊口，多多少少肯定是顾着你的，你就要多包容一点。”

李允贞倒头蒙了被子：“不听了不听了！”

赵七七投降：“好好好，我不说了，反正是你自己决定的事情。”

在李允贞家浑浑噩噩过了两天，赵七七觉得她的感冒越发严重起来，头晕胃疼连带着腰酸乏力，坐着嫌累，站着就更累。找了根温度计量了下体温，倒也还算正常。

早上，李允贞递给她一杯温开水和几颗感冒药，说：“你这两天总共就没吃什么东西，肯定会有些低血糖。”

赵七七乖乖吃了药，闷声说：“一会儿谈完工作，我去医院看下。”

李允贞有些担心：“你这样出去没问题吗？要不要跟人家

说一声病了，换个时间？”

“绝对不行，我是来学习营销策略的，人家那总监助理可比我要忙得多，有时间见我一面都已经不错了。”

李允贞嘱咐她路上小心：“我上班走不开，就不陪你去了，随时电话联系。”

赵七七点着头说：“没有问题，就是有点饿了。”

“昨天下午开始就没吃过东西，你终于觉得饿了！”李允贞从冰箱里拿了鲜奶蛋糕和早餐牛奶给她，“赶紧的，吃完我们就出门。”

吃完东西，赵七七觉得精神好了很多，理了理头发，和李允贞一块儿下楼了。李允贞工作的地方和赵七七要去的公司正好是反方向的，赵七七对那一带并不熟悉，生怕会迟到，直接打的过去。

然而B城的路况实在让她揪心，堵车堵得人心烦气躁，十几分钟的时间一条街还没有过，赵七七觉得这烦闷的天气加上感冒实在让她憋得慌。

司机见她脸色难看，问道：“小姐你没事吧？要不要先送你去趟医院？”

赵七七摇摇头：“没事。”

好不容易熬到目的地，赵七七飞快付了钱下车，大口大口呼吸着新鲜空气，看了看时间正好卡在节骨眼上，忙吸了两口气朝公司门口走去。

CL公司的B城分区其实并没有S城分区那么大，但是惊人的业绩摆在那里，让赵七七进去的时候都有些畏惧。

销售部的总监助理来门口接赵七七，是一个年纪和她相仿的男人，走起路来带着些女气，翘着个兰花指在胸前，对赵七七说道：“赵小姐你好，请叫我艾蒙，我们总监说要亲自见你。”

十四/巧合

赵七七见到艾蒙这个样子先是一惊，听他说完了话后，又是一惊。

艾蒙目不斜视地走至电梯口按下了按钮，赵七七立马跟上去，缓了口气说："艾蒙，说白了这次的交流学习只是S城的销售部对B城销售部的'学习'，而与'交流'没有关系，我很好奇你们是以什么样的销售模式使B城的销售额达到了整个华东地区销售额的总和。"

艾蒙在电梯里双手抱胸，极为温和地笑了笑："首先是赢在客户。"

"这怎么说？"

电梯到了十一楼，艾蒙率先走了出去："具体情况你还是去问我们的总监吧。"他上下打量了一下赵七七，摇了摇头，不明白为什么总监在看到传真上的照片之后立刻决定要亲自见这个人。

赵七七莫名地看着他。

艾蒙轻咳一声："这边走。"

CL B城分区的总监正在办公室里和几个地区经理开小会，

赵七七走到门口的时候听见一个声音说：“我们总裁的名言是：成败隐藏于过程。是非和对错不仅仅只是一个最终的结果，它们藏匿于你们工作的每一个思路和细节，牵一发而动全身。其实所谓的市场，在明白人眼里，只是手中的一个工具而已，关键在于你能否掌握它、用好它。对于目前存在的种种问题，不要跟我说什么客观原因或者地域上的差异，我要的只是一个最终的结果。所以说，你们的成败在于你们的细节，而我关注的，是在你们的细节之上建立起来的数据，没有这个数据，也就不用跟我谈你们的任何细节。”他顿了顿，“就说到这里了，散会。”

赵七七觉得这个声音有些熟悉。

里面的人一个个出来后，艾蒙敲了敲门把赵七七带进去：“总监，这就是S城分区来的赵七七。”

办公桌前的移动沙发上，一个穿着黑色休闲西装的人向她转过身来：“赵小姐，我们又见面了。”

深黑的瞳仁，英俊硬朗的脸部轮廓，深不可测的笑容，这正是前两天在李允贞家门口见到的男人——李允贞的老公徐崧文。而细看之下，赵七七又觉得现在的徐崧文和当时那个人有些不太一样。是了，如果说两天前他的眼神中还带着对李允贞的不舍和无奈，那么这一刻，出现在她眼前的只是一个纵横职场的商界精英，这样一类人的眼睛里，平淡或者灼热的光芒从来都不是为了爱情。

赵七七突然有些担忧了，李允贞今后的生活是不是会一帆风顺。

她在最短的时间内褪去惊愕和迟疑，露出一个淡定从容的商业笑容："徐总监您好。"

徐崧文做了个手势示意她坐下，艾蒙倒了杯水过来后关上门出去了。

"不绕弯弯了，我们有话直说，这是去年B城分区的市场分析报告。"徐崧文把一沓打印纸放到赵七七手里。

赵七七有些难以置信地接过了，按理说，虽然他们同属于一家公司，但是地区与地区之间的竞争一样很激烈，她知道这次出差实际上没有什么用，只是过过场子罢了。可是……她看着手中的东西，心想：这个徐总监真的打算把他的成功经验倾囊相授？是不是因为李允贞的缘故？

赵七七翻开一页看了看，事无巨细样样罗列清晰，正在心中感叹着，听到徐崧文问她："方一览最近在忙什么？"

方一览是S城地区的销售总监，据说曾经是徐崧文的大学学长，两人关系不错。

赵七七答道："因为去年业绩的关系，近来心情都不是很好，正在打算下一步要怎么改善。"

徐崧文直白地问："听说有被降职的可能？"

赵七七愣了愣，不作回答。

徐崧文的话不无道理，前阵子开始公司就在风传方一览很有可能被罢免总监一职，但是于公于私，赵七七都不希望他被调走。方一览是个很好的上司，工作上认真负责，对待下属员工也非常有礼貌，凡是自己能做的事情一定不会让别人代劳，当他的助理一点都不用担心什么后顾之忧。但是……或许也是因为这样，他在为人处事上少了些气魄，让员工们对待工作不是特别上心。

赵七七想着想着，觉得有些头晕，胃里又开始难受。

徐崧文又给她倒了杯水："你好像不太舒服。"

"没事，小感冒，可能有些水土不服。"她觉得额头有些虚汗。

徐崧文递了张纸巾给她。

赵七七一上午在他们公司四处招摇晃荡了一圈，中午的时候徐崧文很客气地说要留她吃饭。赵七七觉得自己的身体状况已经透支得差不多了，只想着快点离开这里好赶往医院。

又寒暄几句后，她自己下去坐车。

十一楼的电梯说高不高，说低也绝不低，赵七七在电梯里觉得异常闷热，满头大汗，等了好久之后她开始在心里抱怨，这电梯怎么可以这么慢。再一看，原来自己根本就没有按下按钮，头一抬，眼前顿时一黑。

赵七七昏倒的前一刻还在心中呐喊，怎么可以这么丢人地昏倒在别人公司里！而事实也的确如此，当艾蒙慌慌张张抱着她走出公司的时候，引来了许多人热切的目光。

赵七七是被李允贞吵醒的。她迷迷糊糊听见李允贞在和什么人争执："你知道她晕倒，为什么不立刻通知我！关机？不接电话？是啊，我就是不想接你电话，但是你就不能发短信过来吗？哈，我差点忘了，你从来都讨厌发短信的，但是你真的忙得连按几个键盘的时间都没有！就算你很忙，那么艾蒙呢？你不会让他早一点通知我？"

赵七七睁开眼睛，看见徐崧文沉默地站着听训。

徐崧文面无表情，无意间一转头看到赵七七醒来，他低声说了句："我先走了。"

赵七七问道："现在几点了？"

"下午四点。"李允贞看了看表，没好气道，"你倒是一觉睡得开心，我就光在这里生闷气。"

赵七七低声笑了笑："你那哪是生闷气啊，声音都响得惊天动地了。我怎么会晕倒了？感冒很严重吗？"

李允贞走上前，点点她的额头："叫你不好好照顾自己，医生说让你在医院住两天！"

"啊！那我工作怎么办？"

李允贞气鼓鼓地看着她："都是为了你，害我还得跟他谈条件！"

赵七七听明白了，这么说是让徐崧文给她放假。

她对李允贞笑笑："我怎么想都觉得自己做了件善事。"

结果被李允贞按在被子里一顿打。

赵七七离开B城的时候正下着小雨，她有些担忧上司的状况，不知道自己回去后会是什么情况，也不知道李允贞和徐崧文接下来会怎么样。

飞机离开地面，冲上云层，蓝天像是到了脚下。两个多小时候后飞机平稳地降落，赵七七再一次感觉到，其实这两个城市之间，是如此接近的。

不多时，手机响了，赵七七拿起来一看，是公司的一个销售助理打来的。

她按下接听键："小依，你找我？"

张依是大三学生，今年来他们公司实习，是个活泼可爱的姑娘，赵七七在公司和她关系最好，总觉得她很像上学时的自己，一脸朝气。

“七七姐，你是不是今天回来啊？”

“是啊，到机场了，这个点堵车，可能会晚点回公司。”

张依问：“你行李多吗？要不要我来接你？”

“没事，还好。”

张依不依不饶的：“我正好忙完手头工作，闲得慌呢，肯不肯让我做一回护花使者来机场接你啊？”

赵七七笑道：“你过来还要花点时间呢，我自己回去还能快一点。”

“那可不行，你等我啊，马上来！”张依说完挂了电话。

“这丫头，你就是想溜出来玩的吧！”赵七七无奈，买了瓶矿泉水在原地等着。

趁着等人的间隙，赵七七给妈妈打了个电话：“妈，我刚回来，家里有什么缺的东西没，我下了班带回去。”

“不用了，你爸今天又不在家，还是我去你那儿，顺带帮你打扫打扫。”

“嗯……好。”

二十分钟后，张依背着个双肩包一路小跑赶来了，她穿着件白色的大号T恤，运动裤加帆布鞋，中长发扎成马尾束在脑后，没半点上班族的样子。

赵七七笑道：“乍一看还以为是个中学生。”

张依冲着她龇牙咧嘴地做了个鬼脸。

“七七姐，你是不是哪儿不舒服啊？我怎么看你气色不太好？”张依边说边帮她拿过拉杆箱。

“没事，小感冒。”

两人回到公司的时候正巧在电梯里遇到销售总监方一览，他一脸疲惫，像是很久没有休息好的样子，见到她们也只是淡淡笑了笑：“回来了啊。”

“嗯。”赵七七点点头，疑惑地看着他，“方总监好像……精神不太好？”

方一览目光从她和张依身上掠过，却并不多做停留，深吸一口气，又缓缓地吐了出来。

“七七啊，以后你不用叫我总监了。”

这句话让赵七七吓得不轻，她第一反应就是自己丢了饭碗：“我被开除了？”

方一览笑了笑，却是满脸惨淡：“是我被降职了，以后不再是你的上司。七七你工作向来很认真也有条理，我会跟新来的总监打声招呼，让他继续留你做助理。”

赵七七皱了皱眉，心里不太好受。根据这最近几年一年不如一年的销售额来看，她也曾经想过方一览会被降职的问题，但是当真正面对这件事的时候，还是一时难以接受。

“方总监，我……”

“什么都不用说了，我的事情不需要你担心，管好自己的手头工作就好。”

方一览又对张依说：“小依你来公司之后表现也一直不错，以后继续努力，一定会有升职的机会。”

赵七七还想说些什么，但是电梯门正好开了，又有两个员工走进来，她不太方便在其他部门的人面前说起这件事情。

方一览对她们笑笑："希望以后工作顺利，这就是我对你们最后的祝福了。"

电梯门再次打开的时候，他大步走了出去，赵七七只看见一个黑色的背影在电梯门后面越来越小，然后消失不见了。

另外的两个员工想必也早就听到风声，虽然没有说什么，但是偷偷以目光传递着信息。

电梯里有些压抑。

到了十五楼，赵七七和张依先后出了电梯，听到身后一个员工说："那个方总监……"

接下来的声音被电梯门夹断了，赵七七什么也听不见，当然……她也没有心思去听些什么。公司里的职位调动向来很快，只不过这个总监的位置更为举足轻重些罢了。

正是吃中饭的时间，销售部的办公室里没有人，赵七七把行李往桌子上一方，重重吐了口气。

张依问："七七姐，你接下来……什么打算？"

赵七七想了想说："方总监一走，销售部肯定一团乱，我还要等着新上任的总监来了以后，把以前的工作计划，给他看一下。"

总监走后，她这个总监助理的职位几乎就是被架空的，闲着没事做的一下午，她不停地来往于休息室和办公室，喝了三杯水，去了四次洗手间，在同事们异样的目光下她开始研究徐崧文给她的市场分析报告。

方一览虽然说会尽量让自己继续留任这个职位，但这主要还是看新任总监的意见，要是人家有更适合的人选，自己也难免要被调到别的职位。这样想着，赵七七连研究市场分析报告的心思都没有了，干脆就闲坐不动，看着电脑屏幕发呆。

赵七七闲坐着熬到了下班，和同事们说了再见之后就拖着双腿回家了。

家里和上班的地方离得很近，地铁两站路就到了。下了地铁，赵七七先去附近的菜场买了些菜，又去了趟超市，回去的时候已经提了大包小包的东西。

赵七七平时出去小区的时候都会对门口的保安和巡查人员甚至扫垃圾的阿姨问好，所以他们见着赵七七总是特别热心，这回大老远就有个阿姨跑上来帮忙提东西："怎么拿这么多啊，我帮你送去楼上吧。"

"不用了，电梯很快的，也就两层。"

"那走过去还有一段路呢。"阿姨说着拿过她手里的拉杆箱，赵七七无奈，只好由她拿着。

阿姨问道："刚出远门吧？"

"嗯，去B城出差。"

那阿姨显然错以为出差是件很了不起的事情，夸道："你这小姑娘一看就很厉害，名牌大学毕业的吧？"

赵七七很是汗颜："算不上。"

"那也肯定不差的。"阿姨很笃定地认为。

这样有一句没一句地说着，赵七七一直被送到了电梯口。

从电梯出来后她犹豫着是按门铃还是到包里翻一下钥匙自己开门，想了几秒钟后，她还是把手里的东西放下，拿下肩上的包找钥匙。

刚拿出钥匙正要开门，只听"喀嚓"一声，门从里面被打开了，陈方怡站在门口看了看她，又看了看地面上堆了一地的东西。

赵七七愣了愣："妈……你听到声音了啊？"

陈方怡道："我跟你讲过很多遍了，吃的东西不要放地上，脏兮兮的，这个样子还能吃吗。"

赵七七立刻把东西都拿了起来，眼圈有点红。

从两年前去美国到回来至今，她忙着毕业忙着工作，都很少见到父母了。

拖鞋都放在柜子里，赵七七两手都拿着东西，只好先赤着脚把菜拿去厨房，再到门口找鞋子。

陈方怡看到又训了她两句："光着脚都不知道冷，怎么往地上踩。"

赵七七背对着她，不声不响地穿上了拖鞋。

陈方怡继续唠叨："说你两句就又不讲话了。"

赵七七转过身："妈，我一回来您就这样叨叨叨。"

陈方怡怔怔望了她半晌："好，我还不应该管你了！"说完转过身，也红了眼睛。

她不知道，这个女儿什么时候才能学会照顾自己，又想起当时看到她从美国回来的样子，连连叹息。

赵七七回到自己房间，她看着这个刚刚被妈妈收拾好的小房间，一时间有些恍神。

她突然冲出去，跑到厨房就对陈方怡说："妈，我下个星期开始，搬回家住吧。"

赵妈妈炒菜的手停了停，欣喜不已地笑道："你这孩子，早就这样跟你说了，住在家里有什么不好的，非要一个人住在外面。"

十五/新的可能

下定决心搬回家住之后，赵七七这几天心情甚好，甚至是哼着小曲一路到公司的，进去之后却发现大家看她的眼神有些不太对劲。

张依在给她拼命使眼色，但是她不明白什么意思。

坐在前面的同事邓超跟她说："七七啊，刚才人事部来电话说要你到主管那里去一趟。"

赵七七问道："人事部找我做什么？"按理说，除了每年销售部的人员调动和备案工作，她和人事部向来是井水不犯河水，"即便要我换职位，也和那边没有关系吧？"

邓超提醒说："你忘了之前度假那事了？"

他这么一说赵七七想起来了，公司是每年都有度假的，按照地区划分，从每个部门里挑出业绩突出的几个人参加。上一次他们公司是到海南度假，赵七七原本不算在名单内的，但是方一览却把她也安排进去了。

这种度假多一个人少一个人本来也没什么区别，但问题就在于刘甄妮当时是方一览的秘密女友，两人交往一年多公司里都没人知道，好不容易有个你侬我侬的机会，却被赵七七给搅和了。方一览平日里很照顾赵七七，为人也没架子，到了度假的时候赵七七没有看清行情，成日总监长总监短地拽着方一览吃喝玩乐，每天都气得刘甄妮在宾馆里挑赵七七的不是。

后来醋坛子打翻，刘甄妮直接和方一览闹了分手，赵七七意识到事情的严重性，追悔莫及。

现在想来，她还是觉得自己特对不起刘甄妮。

销售部的人员调动一直都是内部处理的，但是这次如果刘甄妮硬要从中作梗的话，没有了方一览的照应，赵七七必然吃亏——新来的销售总监没有必要为了一个面都没见过，更遑论能否用得顺手的下属员工，而去得罪一个将来很有可能在事业上对自己有所帮助的人。

赵七七认了，她认定自己会被调职，就是不知道是往哪里调。邓超说："七七，你别觉得自己有什么对不住她的地方，刘甄妮那人，你还不知道吗？她刚来的时候懂些什么？后来又凭什么升得那么快？我们这儿又没规定不能发生办公室恋情，她跟方总监为什么不公开恋爱关系？"

赵七七私下也听到有员工说刘甄妮品行不正，用了些不怎么光明正大的手段得到了现在人事部主管的职位，但是她从来没有仔细想过这个问题，觉得这件事情与自己无关。

赵七七对邓超笑了笑说："我发觉你有时候，心思比女人还细。"

"你还笑！"

赵七七正色道："这个你跟我说说也就算了，别的地方可别乱说，小心人多嘴杂的。"

邓超拿起桌子上的玻璃杯喝了口水："就是和你说说的，

我也没那么傻啊！”

正巧邓超桌边的电话响了，他放下水杯去接电话。

“请讲。”

电话是刘甄妮亲自打来的：“这都几点了，赵七七还没来上班？”

“在呢，马上就过去。”邓超给赵七七使了个眼色。

张依低声催道：“七七姐你快点啦，听说那个人事部主管脾气差着呢。”

“嗯，我放好东西就去。”

办公室的隔间都是透明玻璃，总监的办公室在最里面的一个大单间，赵七七的办公桌离那里最近。

赵七七往自己的办公桌走去，却发现桌子上自己的东西已经被搬走了，空空的办公桌，连她亲自贴上去的墙纸都被撕下来了。她尽量保持微笑：“这是怎么回事？即便要调任，也不应该以这种方式吧？”

印象中，只有被开除的人才会有这种待遇。

张依走过来帮她拿东西：“因为听说新的助理马上就要来，所以……七七姐你别生气，这不是针对你，说不定人事部想给你升职呢。包先放我这里，你去一趟看看什么情况吧。”

升职？这样的气场，哪有半点像是要升职的样子？

人事部凭什么可以这样一句话都不说就搬走她的东西！赵七七气得握紧了拳头。

张依劝道：“七七姐，听说刘主管是事先和我们新任的总监打过招呼了，所以……”

赵七七看着她：“所以，让我走也就是新总监的意思。”

“话也不能这么说，新总监根本不认识我们，刘主管向他这么提出的话，他当然也不会拒绝。”

这和赵七七刚才想的一样。

“不管谁的主意，反正我现在就是一块砧板上的肉——任人宰割！”赵七七摆摆手，“算了，我听天由命吧。”

另一个销售助理小丙跑上来说：“七七，别怕，我们都支持你！”

赵七七苦笑，你们的支持有什么用，天知道刘甄妮在想些什么，要是照邓超刚才那么说，她是为了自己的地位稳固才会和方一览在一起，那么去年的事情根本就不会对她起什么情感上的影响，反而是赵七七帮助她找了个很好的分手理由。那她这次找自己又是什么缘故？

独自走在走廊上的赵七七，慢吞吞地拖着步子，看着旁边的人一个个健步如飞。

她突然想起以前上学的时候李沁曾经问过她，白领走起路来是怎么样的？赵七七当时愣了愣说，你瞧电视上那种挺胸抬头撅屁股扭腰的，不就是吗。李沁“哦”了一声。

可是现在赵七七觉得，能够在公司里撅屁股扭腰走着路的其实并不多，像自己顶多也就是跺跺脚。

记得刚进公司的时候，HR主管给她洗脑，前前后后笼统地概述了CL几十年来的发展历程，以及他们远在美国的总裁和总裁的父亲当年是如何叱咤风云地崛起于化妆品行业。

主管给每一位新人上课的主要目的就是让他们对公司怀有一种虔诚的态度和坚定的效忠，但是那个风度翩翩侃侃而谈的主管并没有意识到，赵七七在整个过程中始终保持着一种梦游般迷茫的状态，上课期间她在思考一个问题：人力资源管理和人事部是什么关系？

等到上课结束的时候，赵七七也没有想明白这个问题，主管看着一脸严肃的赵七七，以为她听得非常认真，并且已经进入了独自思考的阶段。而主管的言行并未对赵七七的将来起到什么推动作用，相反，这个洗脑的失败品永远都表现不出力争上游的决心和毅力，甚至连这样的想法也没有。

如果职场上的人分为两种，能升职的和不能升职的，那么赵七七明显属于后者，她还特死心眼地不想升职，觉得现在这日子过得挺好。

如果能够升职的人也分成两种，靠处事能力的和靠辛勤劳作的，那么赵七七也属于后者，她宁愿把所有的事情压自己身上也不愿意颐指气使地安排别人去做。

其实总监助理说白了就是一打杂的，工作安排需要她来传达，市场预算需要她去分析，日常管理的监督和检查她也要负责，还要协助广告部拟定广告设计图和协调商家顾客的要求，加之办公室的日常购物、打扫、倒水……销售部有了她之后都不用请打扫阿姨了。

可是这些杂乱的事情在赵七七看来并不累人，一件件事情有条不紊地做下来，乐此不疲。这个职位薪水虽然不错，但是要连同保姆的活一起做，处理不好也会很麻烦，万一碰到个要求苛刻的总监，那日子过起来就太难了，所以有的人对此避而远之。可赵七七就是喜欢这不上不下的职位，觉得中间的空气新鲜而充裕，她在其中安然自得，全然遗忘年少时候曾有过的憧憬。

而现在赵七七极有可能面临一个新的职位，她得去适应新的上司、新的同事和新的工作方式。

走到人事部主管的办公室门口，赵七七敲了敲门。

“进。”简短而有力的回答。

刘甄妮比赵七七大四岁，但看上去要老成许多，赵七七刚来的时候刘甄妮还一头漂亮鬈发，笑起来跟选美小姐似的。现在，剪了短发的刘甄妮穿着一身中性职业装，看到赵七七进来，脸上挂起一副气定神闲的笑容。

“方总监被调离的事情你已经听说了吧？”

“嗯。”

刘甄妮换了个姿势，说道：“说实话，方总监的行事作风和小绵羊似的，你跟着他想必工作上也缺乏有效的锻炼。而据我所知，新来的销售总监和方总监完全就是秉持着相反原则的，你有信心继续担任这个助理吗？”

赵七七其实很想说有，她觉得自己并不乏精明干练，只是这些在方一览那边用不到，于是她都藏起来了。而话到嘴边，赵七七却说不出来了，她知道自己即便说有，刘甄妮也会拿别的话来反驳她。刚才在办公室，刘甄妮连她的座位都已经搬走了，这明摆着就是仗势欺人。

她自认斗不过刘甄妮，还是早早地投降，留一条不要太难走的后路。

其实赵七七能在助理这个岗位上得心应手，就是因为她的上司是方一览，决定好大事之后小事全都由赵七七自主打理。如果换作别人，就没有了这份自由，说不定这项工作就会变得让她讨厌起来。

这样一想，赵七七觉得换个职位也不一定就不好。

她想了想说："刘主管，我或许是能力不够，所以……不太适合做这个新任总监的助理。"

刘甄妮笑了笑："只是不适合这个职位而已，你的能力我还是认同的。"

赵七七僵硬地笑着，不知道她究竟想把自己怎么样。

刘甄妮又问："赵七七啊，你觉得自己适合哪个职位？"

赵七七一怔，不明所以地看着刘甄妮："我……我可以自己选择？"

"当然也不是随便什么都能选择，要在你的能力范围之内。我本来是想把你调到我们人事部来，但是又怕你不愿意，想想还是先听听你自己的意见。"

"我……"赵七七突然觉得有气无力起来，听刘甄妮的口气，她似乎对自己没有恶意，刚才只是虚惊一场，自己要是愿意，甚至能升职。可是……既然不是针对自己，那刘甄妮为什么要把她从做得好好的职位上突然调走？

赵七七抬起头："刘主管，我还是想留在销售部。"

"哦？"刘甄妮诧异地笑，"销售部一直都挺辛苦的。"

"辛苦是比别的部门辛苦，但是我和那边的同事相处挺久了，大家相互熟悉。"

赵七七看着刘甄妮的表情揣度着她的想法，但是刘甄妮很久都没有说话。

"那就继续留在销售部。"这句话突然从赵七七身后传来，吓了她一跳，连带着刘甄妮都惊讶地抬头看向门口。

赵七七看着这个突然走进来的男人，顿时有些口齿不清：“徐……徐……”

“嘘什么嘘，你们自己开着门讲话的，这回还怕人听去了。”徐崧文不动声色地否认了他认识赵七七，径直走到刘甄妮面前，“这位就是刘主管吧，我是刚调过来的销售总监徐崧文。”

刘甄妮的面部表情很快从惊讶恢复到了平静，扯起嘴角笑了笑：“徐总监你好。”

徐崧文看了看赵七七：“这就是赵七七？”

刘甄妮点了点头：“是的。”

徐崧文淡定地说道：“你电话里告诉我的时候我不知道，今天早上一查，原来销售部还有两个案子没有完成，负责人就是赵七七，她突然调走的话，接任这两个案子的人，不一定做得好。”

赵七七非常佩服徐崧文睁着眼睛说瞎话的能力，他的演技也真不是一般的好，看着赵七七的眼神就像在说“这是个陌生人”，至于那两个案子，赵七七清楚那更是无中生有。

销售部最近为着换总监的事情整天人心惶惶的，赵七七怎么也没有想到，徐崧文竟然从B城被调了过来，成了他们的领导。而仔细想想，这样做一点也不为过，公司才不会在乎一个人在一个地方的个人利益，以去年B城分区的业绩和徐崧文的办事能力，由他来接手S城这边的烂摊子最合适了。

她深吸了口气，决定对眼前关乎自己去留的这件事情不闻不问。

刘甄妮脸色微变：“徐总监，之前在电话里不是说好的，由Mary去做你的助理，以她的能力，一定可以负责好的。”

“刘主管，我们老总一直强调，做事情要有始有终，我之前不知道她还有没忙完的事情，不然，也不会想都不想就答应你了。”他用商量的口吻道，“你看这样好不好，给她一点时间，如果在这段时间内她提出的那个方案能快速提升销售额的话，就让她继续留任，不然的话，到时候都不用你提醒，我会直接换人。”

刘甄妮看了一眼赵七七，她显然不认为赵七七有那个能力，更不认为徐崧文会有意帮她。

“好，就按照你说的，本来嘛，你的助理我也管不上，就是看着Mary非常适合才推荐她去的。”

徐崧文说：“刘主管客气了，我还要感谢你的用心呢。这件事情就这么定下吧，七七你看怎么样？”

赵七七点点头：“谢谢徐总监。”

她觉得自己之前看错徐崧文了，什么很有耐心的中国移动，他简直就是一狐狸，难怪连李允贞都摆不平他。

一离开人事部，赵七七立刻追上徐崧文问：“你怎么来S城了？贞贞呢？”

徐崧文淡淡回道：“我会经常回去看她，年后她也会一起过来。”

赵七七点点头，很是高兴。

“你以为是因为李允贞的关系所以我刚才故意帮你？”徐崧文笑道，“那你就错了，我是为了自己能在这个职位上过得舒坦些。”

“为什么？你之前不是都已经答应把助理换掉了？”

“那是因为我不知道刘主管安的什么心。我原以为她是看你不顺眼想趁机把你拉下去，但是看样子她对你没有什么成见，那么这样做的目的就不在于针对你，而是我。”

赵七七还是不明白：“她对你能有什么目的？你们之前不认识啊。”

徐崧文无奈地看着赵七七：“现在，我真怀疑你能否胜任我的助理。”

赵七七愣了一下：“我会努力适应你的思维方式。”

徐崧文解释道：“总裁一直都很看重销售总监这一职位，是因为销售部能够最直接地带给他利益，而他又觉得我带给他的利益让他非常满足，所以往往我向他提出的要求比别的部门更管用。刘甄妮现在把一个自己手下非常出色的人安排过来，说好听了是向我伸出一根橄榄枝，说难听了其实就是扔过来一个烫手的山芋。”

赵七七有些明白了：“你是怕她日后向你提什么要求？”

“光是提要求也就算了，我是觉得……一个别人刻意安插进来的人，你能用得放心吗？”

赵七七点点头：“是不放心。”

接下来的话不用徐崧文明说赵七七也知道了，刘甄妮怎么说也是人事部主管，徐崧文明摆着拒绝她的话对自己也没什么好处，所以赵七七就当了回现成的工具。

徐崧文说：“你也别觉得我是在帮你，我自己有带人过来，已经相互习惯了合作方式，而为了不让你在中间为难，我决定……”

徐崧文的话还没来得及说完，艾蒙的声音传了过来：“总监啊，你怎么一到这边就到处乱跑了，手机都不带在身上，这里我人生地不熟的，找你多麻烦啊。销售部的人都到齐了，现在就等你过去开会呢……”他看到赵七七，“咦？你怎么也在这儿？”

赵七七朝他伸出手：“艾蒙，以后咱们就是同事啦，多多关照。”

艾蒙有些别扭地和她握了握手：“你不是被调走了吗？”

赵七七和他开玩笑说：“很不幸，我又被调回来了，你看上去有些失望？”

“是有点失望，竟然有个人来和我抢工作了。”艾蒙有些丧气地看了她一眼，“总监啊，其实我觉得我的能力一直都很强，你吩咐下来的各个方面的工作我都能做得很好……”

“艾蒙，”徐崧文打断他，“马上准备开会，还有，安排一下七七去美国的事情。”

艾蒙一愣，随即微微笑着翘起兰花指：“没问题。”

赵七七盯着徐崧文，完全傻眼。

十六/故地与故人

赵七七跟着徐崧文到了他的办公室，依旧没有回过神来，问道："你刚才说什么？"

徐崧文看着赵七七，笑了笑，道："不是不想让你为难吗，正好公司也要派人去奥兰多的总部交流学习，大概一个多月的时间，你就去历练一下吧。"

赵七七深吸了口气："我没有听错吧！"

徐崧文笑了笑："听允贞说你有留美经历，很好，相信你会很快适应那边的工作。"

"李、允、贞！"

徐崧文笑得十分狐狸："她建议我让你越快走越好，你怎么说？"

赵七七实在不知道说什么，支支吾吾道："我总得先有时间准备。"

"给你留了准备时间了，你只要回答我，去还是不去？"

赵七七缓缓说道："我……去。"

接下来的一个星期，赵七七几乎魂不守舍，美国，还是奥兰多，怎么会有这样的巧合呢？那座几乎埋葬了她青春的异国城市。

她连着好几天失眠，一闭上眼睛，就会恍恍惚惚想起当年留学的情形，李沁、杨洁怡、钟羽、徐菲、秦浩、马克、罗拉……还有，庄希。

曾经以为可以留住时光，却来不及惊艳四方，自你走后，岁月仿佛上了枷锁，一切都变得很慢很慢。

稀里糊涂过了一个星期之后，赵七七登上了去往美国的飞机。她在路上睡了一觉，梦见自己和庄希等人在一起唱歌的情形，庄希笑着对她说道："以后你要是恨一个人，就唱歌给他听吧。"

赵七七在梦里尴尬又难过，庄希又拿肯德基哄她："反正已经这么胖了就多吃点吧……"赵七七固执地表示自己一点都不胖，为什么要嫌弃她，说着说着就哭了起来……

从梦中惊醒的赵七七，伸手抹去了眼角的泪水。

赵七七再次回到美国，第一个见的人就是李沁。

李沁来接机，在出口，当对方一身职业装出现在视线里的时候，赵七七竟有些恍如隔世的感觉。

她们应该有两年多没见了，这之间，隔着一起上课的日子，隔着她喜欢庄希的日子，隔着她为了工作忙碌的日子，隔着……没有庄希的日子。

她不知道为什么一回到这里，那个名字就这样活脱脱地跳了出来，分明，她的年少时光，除却此人，还有许许多多可以回忆的东西。可就因为这个人的存在，好像，别的什么，都变得不那么重要。

她突然很想告诉李沁，多好，我追过庄希。

而话一出口，成了“我被老板和老板娘骗过来了”。

她不知道自己是什么感觉，费尽心力地想要说起一个话题，却因为不忍和尴尬而刻意忽略过去，之后又懊恼。

她们在机场外面的咖啡厅吃简餐。

李沁说了很多她在美国的事情，怎么和秦浩分手，怎么忍受杨洁怡，怎么导致秦浩和杨洁怡最终大打出手……这些，赵七七都认认真真点头听着。

直到最后，李沁意味深长地看着她：“你知道吗七七，他过得很不好。”

赵七七一怔，手中搅拌着咖啡的小勺子骤然停顿。随后，又装作什么事情都没有发生。

是啊，能有什么呢？什么也没有。

都过去了，陌路而已。

李沁重复：“赵七七你听到没有，我说，他过得不好，很不好！你知道我在说谁，庄希！你心心念念的庄希！他回中国找你了，你知道吗？他动用了所有在美国的势力把那伙伤了你的人一窝端了，你知道吗？为了这件事情，他差点被赶出庄家差点送了命你知道吗？”

李沁越说声音越大，大到赵七七终于无法忽视，抬起头直盯着她看：“你说什么？”

“我说赵七七，你没良心！”李沁恶狠狠地看着她，“你之前不是说为了他什么都愿意吗？你不是胆大包天什么都敢的吗？难道就因为庄希现在一无所有了，你之前说的一切就都成了废话？”

赵七七越发震惊：“李沁你说慢点，我没有明白过来。”

“你不明白，是因为庄希从来都不让你知道，他也千叮万嘱不让我告诉你，但是我觉得，这样不公平赵七七，我是你的朋友，但我还是觉得，这样太不公平了。”

赵七七抿紧了嘴唇，她才下的飞机，心神俱疲都没有恢复过来，眼下完全消化不了李沁的这些话，只是将放在桌子下的手，紧紧攥住了行李箱的拉杆。

李沁还在说话：“他回中国去了，我以为你们终会在一起，谁知道没多久竟然又回来了。我就搞不懂你们了，后来才知道，他为你做了那么多事情，他已经不是我们最初认识的那个庄希了！”

赵七七像是沉寂了很久之后突然爆发，眼泪吧嗒吧嗒地往下掉，怎么也停不下来，而且也不说话，就一个劲掉眼泪。

李沁看她埋头哭了二十分钟，终于忍不住要发飙，这个时候赵七七突然抬起头，泪眼汪汪的。

“李沁，他现在在哪儿？”

“还是住在原来的地方，”此时，李沁的语气缓和许多，“对不起，小七，我刚才语气有点冲，没考虑到……其实，你也不好受。”

她们随便聊起了很多共同认识的同学和老师，曾经吃过的零食、走过的街道，天南海北的，却始终有种小心翼翼的味道在里面，和从前怎么也不对等。

李沁看着赵七七出神的模样，道：“你这么心不在焉的，一定是没有完全放下，去找他好了。”

赵七七一听这话，突然有点尴尬，就好像上课吃零食被老师抓到的那种慌乱，她有点犹豫，分明是被自己亲手推开的人，她真的还要再去找他？

李沁帮她做出了决定：“去吧，现在就去，行李我帮你拿回酒店。”

庄希没有想到会在这种情况下见到赵七七。

公寓的走道里，他提着袋垃圾、趿拉着拖鞋慢吞吞往外走的时候，迎面撞上来一个跑得飞快的人，不偏不倚地，撞翻了他手里的垃圾袋。

“对不起！”赵七七忙去帮他把垃圾捡起来，再次抬起头的时候，两个人都惊愕地看着对方。

庄希瘦了。

这是赵七七最直观的第一印象，那一瞬间，她有些心痛和后悔的感觉，然而很快，这种感觉就没有了，因为窗外的阳光斜斜打进来，刚好就打在庄希的脸上，他看着她的目光渐渐变得温润。于是在赵七七的视线里，庄希身上充满了被阳光渲染出来的暖金色。

她看着他，看着，看着，不由得，又露出了那种不设防的微笑。

他伸出手，动作有些缓慢，顿一顿，还是落在她的刘海上，声音低低地道：“回来了。”

赵七七不给自己任何思考的空间，下一秒，紧紧上去抱住了庄希的腰。头抵着他的肩，分明悲喜交加，眼睛却干涩得没有一滴泪。

庄希有些被她的举动吓到了，但很快又平静下来，回抱住她："赵七，你后悔了是不是，后悔不要我，嗯？"

赵七七使劲点头。

这一路上她想了很多，想得头都痛了，发现自己真的做错了，错得离谱。

她一直以来就太过我行我素，只知道自己要什么、不要什么，所以当初追庄希的时候追得那么不遗余力、拒绝他的时候又完全不留余地。现在回过头看看，才知道原来自己一直是沉浸在自己的世界里，完全没有想过，庄希是什么心情。

庄希一直注视着她笑，这笑容是欢喜的，微微带着点苦，直到看得她惊醒了，抬起头，脸上火烧一般的红，怔怔然说不出一句话。这少年，怎的还是这般英俊？

不知道傻看了多久，庄希突然开口："为什么回来？"

赵七七回道："公司安排。"

"这么说是，顺带来看看我的。"

"不是！"她话才一说出口，就看见庄希的嘴角扬起。

他定定地注视着她，看得赵七七慌乱之中又低下头，耳朵像被火苗烫了一样，火辣辣的。她一向是厚脸皮很少脸红的，但这个时候，红得彻底。

赵七七试探着问："李沁告诉我，你过得不好？"

"是啊，一无所有，险些被大伯打死。"他一句带过，完了还逗赵七七一句，"怎么着，你来可怜我的？"

赵七七看他故意装出的那副痞样，却笑不出来，她轻声说道："没事，你还有我。"

"没事，你还有我。"

庄希听到这句的时候，不心动是不可能的，他闷闷地笑起来：“这么突然，真不适应。”

赵七七支支吾吾道：“我承认，是带着点同情你的意思，但是我也认真想过了，即便李沁不跟我说，我还是会来找你。上次你走之后，我学到了很多东西，也成长了很多，这些，我在学校的时候都是体会不到的，以前我幼稚、不成熟，不会为别人考虑，但是以后我不会了，庄希，你不准拿这个做借口把我推开。”

庄希把下巴搁到她肩膀上：“好，这样也好，你不用嫌弃我和你不是一个世界的人。”

他低声笑着，笑得赵七七肩头有轻微震动，她生怕自己是在做梦，甚至偷偷捏了一把自己的大腿。这样的庄希，这样的关系，不真实，好不真实。

晚上，庄希留赵七七在家吃饭，他自己下厨，三菜一汤，口味竟然还不错。

赵七七笑道：“看来你长进很大啊。”

庄希一边给赵七七盛汤，一边说道：“我和家里的关系一断，资金也就断了，没办法，只能省吃俭用。”

赵七七嘀咕：“有这么惨吗……”

庄希在心里回答：这叫故意卖惨。

“为什么不回国？”

“在这边习惯了。”他不好意思直接告诉她，因为这里，有太多关于她的回忆。回到国内，即便二人的距离会近一点，但始终还是天各一方。

“那为什么要和家里断绝关系？”

庄希放下筷子，看着赵七七说：“不喜欢那样的生活。”

因为那样的生活，曾经让赵七七失去一根手指。

庄希离开庄家的时候，庄仕儒气得不轻，他花了那么长的时间，好不容易培养出一个可以管理好美国那边各项事务的人，可他竟然简简单单一句不想过这样的生活，就把所有的事情推得一干二净。

“我至今都不知道，你以前到底是做什么的。”赵七七隔了片刻突然出声。

“军火。”庄希缓缓吐出两个字。

赵七七正在喝汤，险些被呛到，她放下碗，傻愣了许久。

“他们之所以会绑架你，就是想用你威胁我，逼我说出一批货物的存放地点。”

赵七七沉默半晌，轻轻说了句：“那不做了也好。”

“嗯。”庄希解释，“我把所有的资源，都交给了一个你认识的人。”

赵七七诧异：“我哪认识这种……”话说到一半，她止住了，惊讶地看着庄希，“你不会是说严离吧？”

“没错。”庄希笑笑，“拉了条线，达成了庄家和严家的合作，所以我大伯也还了我自由。”

赵七七默默吃了两口饭，隔了一会儿，她又抬头看向庄希，小心翼翼地问：“那你现在从事的职业，在我所能理解的范畴吗？”

庄希笑了笑说：“金融。”

“哦。”赵七七松了口气，点点头，继续吃饭，“应该挺赚的吧。”

“能养得活你。”

赵七七笑，嘴角边黏着一颗米粒。

庄希也笑，伸手把赵七七嘴边的米粒拿了下来。

“严离一直在美国，说是哪天你回来的话，一起吃饭。”

“好啊，让他请客。”赵七七欢快应道。

吃过晚饭，赵七七起身要洗碗，被庄希按在椅子上：“坐着别动，我来就行。”说完就动作麻利地收拾起来，走进厨房，开始洗碗。

赵七七看着他的背影，默默走了过去问：“要帮忙吗？”

庄希别过头看了她一眼：“帮我把围裙系起来。”

“好。”

赵七七伸手去够围裙的带子，几乎环抱住了庄希。

庄希闷声笑起来。

赵七七系好围裙，顿了顿，踮起脚，环抱住了庄希的腰部，把头靠在他的背上。

明显感觉到前面的人呼吸漏了一拍。

庄希快速洗好碗，擦干净手，回转过身，看着赵七七。

两人面对面看了很久，看得赵七七终于有些不好意思，低了低头，就听庄希在她耳边轻声说：“今天别走了好不好？”

赵七七脸颊发烫：“我行李都在酒店呢。”

“我跟你一起去拿。”

庄希二话不说，脱下围裙，牵着赵七七的手就出门了。

二人沉默着走了许久，赵七七觉得有什么不太对劲，停下来看着庄希。

庄希似是集中了十分的注意力在看她，认真思考了好一会儿，才缓缓说道："你什么时候回国？"

赵七七想了想："下个月底吧。"

"这段时间，就住我家吧。"

"啊？"

赵七七耐不过庄希的要求，只好答应。拖着赵七七28寸的大箱子回到家里，已经晚上十点了，庄希直接把行李箱拖进了自己的房间，赵七七只好跟进去。

庄希的房里还是和之前看到的一样，一如既往地干净，粉色床单上安安静静地躺着她送的毛绒玩具。

赵七七不禁露出微笑。

庄希坐在床头，看着赵七七："过来。"

赵七七慢吞吞走过去："干吗啊……"

庄希一把将她抱过去，压在了床头，顺势亲了过去。

门铃就在这个时候响了起来。

庄希本不想理会，但赵七七一个劲推他："快去开门。"

庄希无奈，这个时候来敲门，不管是谁，都应该按在地上打一顿。

一开门，是严离，他拎着两个大袋子，兴奋道："庄希，请你吃麻辣小龙虾，我从唐人街买回来的，还热着呢！"

庄希忍住了打他的冲动。

严离一进门，就看到赵七七站在里面，愣了片刻，当即大吼一声："你怎么在这里？！"

赵七七挠了挠头笑着说道：“刚来，正好，正好，我也想吃龙虾……”

严离把袋子往桌上一放，在庄希肩上打了一拳：“破镜重圆啊？这下你可满意了！”

庄希难得傲娇，轻飘飘给了他一句：“要你管。”

赵七七忍俊不禁。

严离解开小龙虾的口袋，顿时整个房间都是香喷喷的，赵七七食指大动，戴上手套就开吃。

三人一边吃一边聊天，多半都是严离在讲。

等严离吃完一盘子龙虾，觉得意犹未尽，还想再让人送一些来的时候，收到了庄希一个犀利的眼神。

他马上意会：“哎，算了算了，我自己去吃，像我这么识相的人，怎么会打扰你们呢……”

严离说走就走，还贴心地带走了龙虾壳。

庄希看到赵七七的一撮头发掉在眼睛前，抬手帮她整理，不料手上的麻辣味道还在，熏到了她的眼睛，疼得她直流泪。

“怎么哭了？”庄希不明所以，紧张地看着赵七七。

“没有哭啊。”赵七七一边大笑，一边流着泪，“就是辣到了。”

“那我接水给你洗洗。”他刚要转身，赵七七一把抱住了他，忽然就放声大哭起来。

“庄希，我很想你。”

庄希回抱住她：“我也是，很想很想。”

十七/好不容易才遇到你

这个星期天，庄希一大早出去买早饭了，赵七七洗漱完毕之后看到庄希房间里有些衣服还没有洗，打算在他回来之前都洗掉。

收拾完衣服，在经过床头的时候，赵七七停下了，枕头下，一根熟悉的红绳被压在下面，露出一小截。

赵七七难以置信地把红绳抽出来，果不其然，红绳中间是一块心形的和田玉，这是一条十分别致的腰链。赵七七有些慌神，这腰链她是见过的，以前在宿舍，李沁洗完澡出来的时候，身上就戴着这个，赵七七好奇地想看，李沁都不准她碰，说是从小戴着、寸步不离的。

为什么李沁这么私人的东西会出现在庄希枕头下面?

赵七七把东西塞回庄希枕头下，心里好几只鼓在敲。

她走出房间的时候，正好遇着庄希回来。

庄希见她神色有些奇怪，问道："怎么了？"

赵七七道："洗衣粉……洗衣粉没了。"

"一会儿去买，先吃早饭，"庄希看到赵七七捧着他的衣物正要拿去洗，笑着，"变得贤惠了，不错不错。"

赵七七笑不出来，把衣服扔进洗衣机后，就去餐桌上啃面包了。

很多细枝末节的东西开始在脑海中浮现——李沁为什么会和秦浩分手？真的是因为杨洁怡？李沁为什么留在美国不走？庄希曾说过他喜欢的人远在天边近在眼前，李沁以前总喜欢和庄希开玩笑，还有，上回见到李沁，李沁说起庄希的时候那么激动……

赵七七觉得嘴里的面包吃着吃着都变得无味，心中像堵了块石头，难受得不得了。

庄希问她："你今天是不是不舒服？"

赵七七摇摇头："就是想着马上要走了，要不要……去看看李沁？"

她在试探。

而庄希也果然如她所想，在听到这个名字的时候，眼神微微一变："她现在工作应该很忙吧，不知道有没有时间。"

赵七七喝了口牛奶，淡淡说道："那好吧，不去了，走之前给她打个电话。"

庄希坐在阳台的摇椅上，手里拿着本书，这会儿正闭着眼睛休息。阳光晴朗，从阳台的落地玻璃外照进来，温暖舒适，恰到好处。

赵七七看着他的样子，怎么看怎么好看，她转身走了几步，却又回头。

摇椅轻轻晃动，庄希安安静静地躺着，几缕发丝也随着在她的视野里微微晃动。整个世界，好像是有些不同，但是好像又没什么不同的。

“庄希。”

赵七七终于还是轻轻叫了他一声。

庄希并没有睡着，听到她的声音就睁开眼睛看过来。

笑意也是暖的，他冲赵七七招招手，赵七七就走了过去。

庄希拉着她的手，稍微一使劲，赵七七整个人就摔在他身上，被他一把抱住。赵七七的身体陡然失去重心，好在摇椅够大，两个人在里面晃着也不会超重。

庄希心情很好，闻着赵七七衣服上的香味，十分惬意：“阳光明媚，美人在怀。”

赵七七不由得脸红：“我才不是美人。”

庄希只是笑，笑得赵七七心中难过，忍不住就想，他是不是也曾和李沁这样亲密？是不是也会对李沁说这种调侃的话语？

“庄希，你有没有什么事情瞒着我的？”

庄希想了想：“没有。”笑容还是真实自在的。

“怎么了？”

“没什么，今天下午公司有个会议，回来可能会晚点，你饿了的话自己先吃晚饭。”

“嗯。”

回到房间，赵七七给李沁发了条短信：“今天下午我们见一面吧。”

李沁很快就回了：“好。”

赵七七微微皱着眉，眼睛里蓄满了悲伤。

她们约在上学时常去的一家咖啡馆，赵七七素衣素颜，李沁盛装浓抹，虽说平日里就是这样，但今天，赵七七总觉得自己是矮人一截的。

李沁隐隐地觉得赵七七看她的眼神有些奇怪，笑问：“怎么了？”

赵七七不想跟她绕弯弯，开诚布公道：“李沁，你跟我说实话，为什么要和秦浩分手？”

李沁一愣，随即说道：“他都脚踏两条船了，我还不跟他分手？”

“我不相信。”

“你不相信秦浩是个花花肠子？”

“我不相信杨洁怡会水性杨花。”

“赵七七，那是我们亲眼所见的。”

“眼睛是会骗人的。”赵七七看着李沁略带咄咄逼人的样子，忽然就湿了眼睛，“李沁，我不是来责问什么的，我就想知道真相，我一直把你当好朋友的，你别骗我。”

李沁看着赵七七的包子样，突然就心软了，怎么说，她也一直是把赵七七当好朋友的。

如果没有庄希的话。

李沁叹了口气：“好，我们把话说清楚吧，没错，你回国的那段时间，我和庄希在一起过。”

赵七七的眼泪啪嗒一下就掉下来了。

“我和秦浩分手，杨洁怡只是一根导火线，我和秦浩早就有了嫌隙。确实，杨洁怡和秦浩只是在一起演了场戏，但是，赵七七，你千万别把杨洁怡想象得有多高尚，她就是想让我难堪而已。”

赵七七瞪大了眼睛，难以置信。

李沁无所谓地笑笑：“你在的那段时间我没做过任何对不起你的事情，真的。是你走后，我看着庄希后来为你做的那些事情，才主动找他的。你也别太在意，真的，我和他前后也就半个月时间，这半个月中见过三次面，两次是在外面吃饭，一次是在他家，他高烧发到三十九度，”李沁顿了顿，“我是想发生点什么来着，但是未遂。这种事情，我觉得，不告诉你也是没有关系的。”

赵七七低下了头：“对不起。”

李沁道：“没事，说清楚就好了。”

两人沉默了许久，再也找不回曾经无话不谈的那种氛围。

终于，赵七七低低道：“我们下个星期就回国了。”

李沁笑笑：“很好，赵七七，最后还是你守得云开，杨洁怡居心叵测有什么用？我自认长得漂亮有什么用？”

赵七七低下了头，有种深深的无奈感。

李沁道：“我也准备回国了。”

赵七七一惊讶：“为什么？”

李沁笑道：“不习惯，还是不习惯，资本主义国家好是好吧，但满世界黄头发蓝眼睛的，看着没有祖国人民亲切。”

赵七七点点头：“也好，回国了我们还能一起玩呢。”

“我刚给国内一家公司投了简历，不出意外的话，这几天就能拿到通知了。”

“恭喜。”

李沁一口气把咖啡喝完：“你们结婚的时候会叫我吧？”

赵七七一愣："还没想那么远。"

李沁道："你就说会还是不会。"

"嗯……会。"

"很好，"李沁脸上还是那种漂亮又自信的笑容，"我晚上还有约会，先走一步了，咖啡你请。"

"哦……哦。"

庄希觉得不对劲，赵七七这两天太不对劲了。但是思前想后，想不出个所以然来。

看着阳台上晾着的衣服，庄希顿时眉心一痛，不会吧！

他冲到房间，翻开自己的枕头，果然，这碍眼的玩意儿忘记还给李沁了！不会是真的被她看到了吧？

庄希瞬间把自己给忧愁得难解难分，这可怎么解释才好？他和李沁确实有过半个月相处……但是他连人家手都没碰过一下啊！但是这样怎么跟赵七七解释？以她那死心眼的脾气，他不是跳到黄河都说不清了？

他翻开手机，开始给赵七七打电话。

一个两个三个……一直没有人接听。

庄希心里就两个字：完了。

赵七七回到家的时候，正看到庄希在玄关换鞋子。

"你要出去？"

庄希看到她，忙一把抱住："你吓死我了！"

赵七七看看自己，再看看他："我怎么了？"

"你去哪儿了！我刚才给你们公司打电话，今天哪有你什么会议！”

“我去找李沁了。”

庄希想，果不其然。

“赵七七你听着，我是和她有过那么一段，但其实也相当于什么都没有！我那时候答应她，真的是脑子被驴踢了，我一答应就后悔了，之后的半个月都在想着怎么提分手的事情。”

赵七七笑了，新鲜，脑子被驴踢了，想他庄希，也能说出这种话。

庄希见她在那儿笑，误以为是不信任的冷笑。

“赵七七！”

赵七七严肃道：“其实，你只要说一句，你什么都没做过，我也许……也许就相信你了。”

庄希也很严肃：“我什么都没做过。”

赵七七笑眯眯地看着他。

“你别这么皮笑肉不笑的！”庄希捏起她的脸，“我都说了，你到底信是不信？”

赵七七被他捏着脸，说起话来都含含糊糊的：“我不信，你丫自己做错事情还敢捏我，放手，你给我放手！”说着拍打起庄希的胳膊。

庄希这回算是明白了，这小丫头就是故意胡搅蛮缠给他气受的。

“赵七七你胆子肥了是不是，敢跟我叫板了是不是，看我怎么收拾你！”

“喂喂喂，不准打头！”

一个多月的时间很快过去，眼看着就要面临分离，赵七七突然觉得有点难过，她不知道庄希是什么样的想法，但是从她的角度来看，失去了庄家所有倚靠的庄希，他的人际关系、朋友圈子、生活重心都是在美国的，她不可能要求他跟她回国。

不料庄希却开口道："要我陪你回去吗？"

赵七七一怔，随即摇了摇头："你不用因为我改变原来的想法。"

庄希耸了耸肩："也不光是为你，我妈妈前阵子给我打电话了。"

赵七七知道他的过往，一听说他妈妈找他，有些惊讶。

"你妈妈说什么了？"

"她病了，"庄希蹙着眉头说道，"很严重的病，治不好了，想让我回去陪陪她。她改嫁的那个男人，自己有个女儿，我妈妈说她这么些年，就是在帮人带孩子，像个不收钱的保姆一样。"

赵七七听了心里难受："你妈妈过得肯定不开心，你回去看她吧，多在她身边陪陪她。"

"但是，"庄希有所犹豫，"是她……是她让我对这个世界的很多东西失去信心的，包括爱情。"

赵七七的手一颤，继而被庄希握紧。

庄希有些语无伦次："我以前从来不相信，在遇到你之前。我好不容易才遇到你了，好不容易才相信了，这个时候，我怎么敢再见她？"

"这不是一回事庄希，你一定、必须去看她，除非你觉得，我们之间，是这么不堪一击的。"

“我想过，我知道，但是我害怕。”

赵七七抱住他：“庄希小朋友，勇敢一点，我会一直在你身边的。”

庄希想了想，终于说道：“那我们一起回去。”

“嗯。”

“你陪我一起去见她。”

“啊……啊？”赵七七脸一红，这么快就见家长？

“啊什么？”

“没……什么。”赵七七低着头轻声说，“庄希，我们可就这么说好了，你不准反悔。”

“不反悔。”

“你真的不打算回庄家了？”

“不回了，从小到大，就没过过几天真正开心的日子，以后，我们就远离A城，找一个适合生活的地方，安安稳稳地过日子。”

赵七七心中千万个答应，她之前最最害怕的就是庄希背后那些她根本看不到的东西，根本不想接触丁点，如果庄希愿意抽身而出，这再好不过了。A城顶顶厉害的庄家，又有什么大不了的，她会努力让庄希过得开心。

几天后，两人回到国内。

在机场等行李，看到行李带上的箱子，赵七七刚要去拿，庄希却说了句：“我来。”

赵七七看着庄希搬行李的样子，嘴角弯起了浅浅的笑意。来来回回那么多趟，都是孤身一人走在陌生的人群中，第一次，有人帮她拿行李。

庄希拖着行李车走到她身边问："傻笑什么？"

赵七七抬头看着他只说："我高兴。"

本以为庄希会继续问她，为什么高兴，但庄希只是靠在行李车上，也冲着她笑。

他知道她为什么高兴。

他也像她一样，满心欢喜。

从出口出去，等出租车的人很多，以往，赵七七一定会没有耐心、焦虑得频频看表，但现在，她看着安安静静排队的庄希，内心竟也平静得出奇。

很快就轮到他们，庄希依然不让赵七七碰行李箱，和司机一人一个装进了后备厢。赵七七心中窃喜，有人做体力活的感觉，真好啊。

出租车行驶在高架上，已近傍晚，周围是涌动的车流和高耸的建筑，庄希似是没有休息好，微微闭着眼睛休憩，但始终握着赵七七的手。

赵七七蓦地就想起那个在奥兰多市的夜晚，他们保持着距离走在街道上，当时的心情，是忐忑不安的，对于未来，充满着无知和惶恐。

那个夜晚已经过去，而今后迎接他们的，是更加漫长而充满期待的未来。想到这里，她握紧了庄希的手。

庄希适时地醒了过来。

二人相视一笑，说不尽的喜悦与温情。

车子停在一个广场前面，二人下了车，赵七七诧异道：

“为什么不直接开到楼下？”

庄希道：“走过去也没多远，这里环境不错。”

“环境不错？”赵七七头都大了，“所以我们要拖着这么多行李走过去……”

这是一片新开发的商业区，主打绿色园区，广场楼上是一排甲级写字楼，写字楼后面是高层住宅。庄希几年前买下这个房子的时候，周围还是工地，现在放眼望去，郁郁葱葱。

他们穿过鲜花搭建的一个架子，前面是一个巨大的炫彩喷泉，造型别致，但没有开。

赵七七腹诽：商业楼不都长一个样子吗？有什么好看的？这喷泉竟然还是关着的！

庄希站在喷泉边上，笑看着赵七七，一脸温和：“是不是累了？”

赵七七道：“那么长时间的飞机哎，你不累吗？”

庄希摇摇头，依旧笑着，笑得赵七七不由得摸了摸自己的脸：“我脸上有什么东西吗？你这么对着我笑，很像是不怀好意的样子。”

“赵七七，如果我在这里向你求婚的话，你希望喷泉打什么颜色的光？”

“啊？”赵七七完全傻眼。

庄希道：“告诉我。”

“彩……彩色的。”

“好。”庄希对着天空做了一个手势，几乎在同时，喷泉中的第一根水柱，伴随着五彩的光芒洒向天空。

赵七七只看了一眼喷泉，便转向庄希。

庄希一步步朝赵七七走过去。

长途跋涉，两个人都显得有些憔悴和邋遢，加上两只硕大的行李箱，这场景显得有些怪异。

庄希单膝下跪的瞬间，赵七七哭了，一边哭一边嚷嚷：“庄希你太过分了，我现在这么丑……”

“你在我心中一直都很美，偶尔丑一下，也无妨。”

赵七七哭得更厉害了。

庄希拿出戒指，都没有问赵七七愿不愿意嫁给她，直接就拉过她的手，把戒指套上了。

不大不小，正好，但是……哪有这么蛮横的？

赵七七不满意，道：“你都没有问我要不要嫁给你，我还没有答应呢！”

庄希道：“以后任何事情，我都愿意征询你的意见，但这件事，我帮你拿主意了，你无权说不。”

赵七七道：“你霸道得都不像是庄希了。”

“我也就霸道这一回。”庄希拉着赵七七的手，“你要不要跟我回家？”

赵七七擦了把眼泪：“反正都无权说不了，不跟你回家，难道睡大街？”

庄希站起身，笑着将赵七七揽入怀中。

喷泉尽数打开，音乐声中，无数道水花一齐喷向天空。两人站在喷泉中央，仰头看去，整个世界，五彩缤纷。

番外/有你的未来

S城的春天轻柔而细腻，枕风卧雨的几天过去之后，就是万物苏醒、百废待兴的季节。清晨的露珠打湿了窗台，赵七七拉开窗帘的时候看到一片晨雾蒙蒙的景象，推开纱窗，间或闻到若有似无的香气从小区的花园里飘来。

也唯有在这样的时候，她会觉得这二十多层高的住房区并非只是钢筋和水凝土的混合，楼层遮挡下，一片蔚蓝的天空小小地盘踞在头顶，偶尔飞过几个不知名的小黑点。

半个月前，她和庄希结婚了。

赵七七真心觉得自己给个大尾巴狼骗了，这大尾巴狼不是说庄希，而是庄希的妈妈李美华，她竟然能谎称自己得了绝症逼着他们结婚。

稀里糊涂地，就结婚了。

结完婚后，李美华就活蹦乱跳了。

受骗了！受骗了！

赵七七一想到这里，狠狠地拽了把窗帘。

庄希被她吵醒了，在床上打了个哈欠。

“怎么起这么早？”

“洗衣服做饭啊。”赵七七伸了个懒腰，“昨天有个人答应得好好地要做家务，今天一早又睡得跟猪似的。”

“我这就起来！”庄希说着立马从床上爬起来。

“衣服我刚洗了，你等着一会儿晾吧。”

眼下二人已经远离了不由自主的处境，在S城这个天高皇帝远春水绿如蓝的城市过上了小老百姓安安稳稳的生活。

安稳归安稳，但这安稳之中，还是夹带着各种俗世烦恼。就比如这时候，庄希正想对赵七七搂搂抱抱亲亲的时候，门铃响了。

庄希诧异道：“这一大清早的，谁啊？”

“我去开门。”

赵七七正纳闷着这个莫名的来客是谁，一开门却看见她婆婆站在门外，手里提了一大堆的东西，忙伸手去帮忙。

“妈，你怎么这么早就出去买东西啊？”

李美华满头大汗地进来：“手别动、别动啊！我刚买的草鸡，味道有点重，你别沾手了。”

“那我帮你拿别的。”赵七七说着去接另一边的袋子，“这些都什么呀？”

“菜呗，静怡昨天打电话说是今天要回来，我顺带给她买了些零食。”

“现在才几点？超市没开门吧？”

“便利店买的。”

赵七七心中惊讶，门口那家便利店的东西价格几乎是普通超市的两倍，平日里婆婆买瓶水都绝不往里走的，今天竟然在里面买了这么多东西，简直就是奇迹。

庄希虽说离开庄家的时候分毫都没有拿，但之前谢小北拉着他参投了A城飞扬城的股份，以程家三少雷厉风行的手段，庄希和赵七七结婚后就立马在S城买了房子。双休日的时候李美华会和“后小姨子”顾静怡一起过来，偶尔“后公公”也会来。之前庄希说的什么婚姻不幸、免费保姆云云，假的，全是假的！

和婆婆一起把东西拿回客厅，婆婆开始唠叨：“七七啊，你这么瘦一定要多吃，我买了很多鸡蛋和牛奶，以后每天早上都要吃，哦，还有维生素片，最好每天都要喝新鲜的汤，今天是鸡汤，明天就喝鸽子汤，后天炖鲫鱼怎么样？我东西都买好了，记得让庄希给你炖，他炖的汤还是不错的。”

赵七七表情艰难地看着婆婆。

和所有女孩子一样，什么时候身上多长出一斤肉来都要惊悚半天，听着婆婆这样说，她很为自己的身材担忧。

回到房间，赵七七对庄希说：“妈铁了心的要把我养成一个大胖子！”

庄希偷笑：“那也挺好的，知道她怎么跟我说来着？胖了才好生娃！”

赵七七一顿拳打脚踢：“好什么好，肉不长在你身上，你是好了，可我很不好！”

“你那是福气，我天天想吃我妈还不给我做呢。”

“可是总不能她让我吃什么我就吃什么吧？庄希，我老怀疑是不是你和你妈妈勾结起来骗我啊，印象中你妈妈不是这样子的啊！”

庄希含含糊糊道：“可能是你理解错了。”

正说着，李美华敲了敲门：“七七啊，出来吃早饭。”

赵七七垂头应道：“马上就来！”

庄希露出一个无奈的笑容："自求多福。"

吃完早饭，好不容易摆脱了婆婆，赵七七一看时间差不多，拎起包就出门了。

顾静怡回来之后家里的气氛愉快了很多，晚上一家人坐在沙发上看电视，聊着聊着就说起顾静怡小时候的趣事。

李美华道："她小时候看《西游记》那会儿，老爱缠着我问一些能气死人的问题，什么……吃唐僧肉是不是要把一整个唐僧吃下去才管用？孙悟空被关在五指山下的时候为什么不变成小虫子飞出来？"

庄希疑惑道："真想不通，你们小女孩的思维怎么可以这么奇特。"

顾静怡嬉笑道："我的哥哥，这些个问题难道你没有想过？你不觉得这是很值得解决的吗？不然又有多少小朋友得迷惑了。"

"我还真就没想过这种奇奇怪怪的问题，赵七七你想过没？"庄希说。

赵七七忍不住笑道："我小时候也想了好久，可就是想不明白。"

顾静怡拍手说："你看吧，嫂子是站在我这一边的！"

庄希说道："不，我是真觉得我们的思维方式有差异。"

"谁的思维方式和别人会一模一样啊，我以前抄个作业还要动脑筋改一下步骤呢。"

很久不说话的李美华开口了："静怡你抄作业？"

顾静怡眨了眨眼睛："哪个做学生的不抄作业啊？妈，你也别说我，咱当初是真的不容易。"

李美华轻轻一巴掌打在她屁股上："你抄作业还有理！"

顾静怡大叫一声跳起来："哎呀疼的，妈你别打我！我现在已经不抄了，现在都是人家抄我呢。"

李美华说："那也不行！"

顾静怡吐了吐舌头，躲到赵七七旁边。

赵七七宠溺地理了理她的头发。她觉得这样一家人在一起有说有笑的日子真是不多，以往她总是战战兢兢，生怕有什么地方做得不好让婆婆怪罪。而现在……她真的很希望，可以永远这样高高兴兴地相处下去。开始的时候，赵七七不太明白为什么婆婆当初会放弃庄家的高门大院跑来这里过市井的生活，但现在她觉得自己明白了，也庆幸庄希已经离开了庄家。

赵七七在公司也渐渐步入正轨。

星期一上午十点，赵七七把一份销售预算和市场分析报告放在徐崧文的办公桌上，徐崧文看后向她微笑着点点头："想法很好，加油吧。"

赵七七松了口气。

但徐崧文马上又说道："七七啊，尽快把销售提升两个点，我给你加薪。"

赵七七愕然："我……尽量。"

她看了一下上个月新货的出货报告，他们的出货量还不到原有计划的一半，好在旧的几款产品在市场上还占有一定销售量，不然上个月的月度任务，真是惨不忍睹。

CL这款新品的名字叫"草本物语"，专门针对中国市场推出的，但是现在在S城地区的销售却并不好。

新产品的投入对于一个能力有待提高的销售团队而言，是一个很大的压力，但这又是一次机会，在市场还并不成熟的情况下，她能够越早地想出解决办法，就能越有效地把握住这次机会。

一下午，赵七七绞尽脑汁想了很多办法，一直想到脑袋晕乎乎的几乎成了一堆糨糊。

直到手机响起，拯救了她。赵七七一看屏幕的显示，是李沁打来的。

李沁回国后如愿担任起了一家知名女性杂志的编辑，平日里也是从早忙到晚，这次找自己不知道有什么事情。

“赵七七啊，你现在还在化妆品公司吗？”

“在啊。”当然在，赵七七觉得，只要是在正常情况下，自己是怎么都想不到要跳槽的。

“那就好！”李沁急道，“是这样的，我们新开了个栏目，是用来介绍化妆品的，好一点的都行，你那儿要是有合适的就给我推荐几款。”

赵七七一听乐了：“有有有，当然有，我正愁怎样提高销量呢，你那边能给我打广告正好！”

“那你今晚就发一份资料到我邮箱，我急着要呢。先说到这里了，我最近忙死了，过阵子请你吃饭！”

李沁说完连句再见都省略了，立刻挂了电话。还是那般我行我素，赵七七无奈地笑了笑。

赵七七头痛了一个星期还是没有想到解决办法，周末的时候还和顾静怡窝在沙发上叽叽歪歪。

顾静怡问：“嫂子，你刚才怎么说得那么严重？你那工作不是一向挺自在的吗？”

赵七七道：“自在……自在这个词，根本不存在。”

“这也太过分了！”顾静怡道，“短期内提高，怎么提？嫂子你只是一个助理，为什么这种事情也要你来做？”

赵七七笑了笑：“正因为是助理，所以什么事情都能做。”她给自己翘了个大拇指，“你嫂子我可是万能的！”

说是这么说，其实赵七七心里比谁都着急，销售的事情她不是很在行，真是麻烦！但是她不能直接跟庄希抱怨诉苦，最起码，凭借自己的努力，事情或许还是能遇到转机的。

“嫂子，我有个法子！”顾静怡突然说，“搞促销嘛！”

“促销？”赵七七摇了摇头，“我们以前试过了，但是成效不大，一个星期还好，往后的话就销量平平了。”

顾静怡说：“我指的是到大学校园里做促销，学校里是消费者的集中地啊嫂子，你想想，要是在S城的各大高校的校园里促销一圈下来，那肯定比你们在外面有用得多。”

庄希出来的时候正好听到，很难得站在妹妹那一边帮她说话：“我觉得静怡这次说得有道理。”

顾静怡正要谢他，却听他又补充说：“在校园里，像静怡这种傻乎乎的小女生最多了，好骗。”

顾静怡换了笑脸，转而气呼呼地看着他。

赵七七无语地说：“好骗？我们公司怎么被你说得像行骗团伙一样！”

“玩笑，玩笑。”

赵七七满意地点了点头：“那就这么说定了啊，明后天是双休日，下星期我去一趟你们学校。”

其实赵七七本来只要在背后搞搞策划就可以了，但是想着很久没有接触过校园了，心中有些怀念，便想着趁这次机会再去学校里转转，缅怀一下当年的时光。

星期一中午给顾静怡打了个电话之后，赵七七就去了她的学校。

顾静怡到校门口来接她，一起来的还有学联的副主席和宣传部的部长，两个学生一口一声“七七姐”，特别有亲和力。

赵七七看着这几个像模像样的孩子心里高兴，直夸他们会办事。

公司按照销量给他们报酬，赵七七想起当年在学校做促销那会儿的辛苦，尽量把这个报酬抬到最高，徐崧文都笑着说她胳膊肘往外。

赵七七觉得和这些大学生谈事情简单而且轻松，和公司里不一样，没有什么太大的利益冲突，他们也都表现得比较积极。大家有什么说什么，一起出谋划策，很快就把促销的时间和地点基本安排下来。

宣传部长是个高高瘦瘦戴着一副眼镜的男生，名叫沈玉滔，他跟着赵七七的思路，一眨眼的工夫就把宣传海报的草稿画了出来。赵七七看着稿纸满意地说：“这孩子将来肯定是个人才。”

看见一旁顾静怡眯起眼睛笑着，赵七七问她：“我夸他呢，你傻笑什么？”

顾静怡脸一红：“我高兴！”

学联副主席已经掩着嘴巴偷笑了。

想到刚才说话时候两个人的表情，赵七七恍然大悟：“静怡，要是我没猜错，这是你小男朋友吧？”

此话一出，沈玉滔的脸也红了。

顾静怡说："嫂子，什么小男朋友啊，说得我们跟早恋似的，你又不像妈，那么老古板的。"

赵七七笑笑："好好好，你们是大人了，咳咳，这位……沈同学，你们交往多久了？"

沈玉滔老老实实地回答说："一个月零六天。"

"哦，这么短时间，怪不得还脸红。"

顾静怡拽着她的手臂："好了啦嫂子，我们谈正事。"

"好，正事。"赵七七立马转移了话题，"人员上打算怎么安排？"

"这个我能办好。"沈玉滔说，"召集一次宣传部干事会议，让他们带动一下身边的人，然后在校园网和学校的几处布告栏上张贴信息，想赚钱的人一定不少的。"

"嗯，那么还有联络其他学校的事情呢？"

学联副主席说："这个七七姐你放心，我们平时和各大高校都有活动，熟悉着呢，我今天一个个通知到位，让他们愿意的话和你联系。"

赵七七点点头："这样就好，辛苦你们了。"

学联办公室里人比较多，所以他们是在一间自习室讨论的，事情都安排妥当后两个同学离开了，赵七七在收拾东西的时候突然看到桌子上的几行字，不由得认真看了起来。

课桌文化……已经是久远的记忆了。

赵七七眼前的这行字不是歪歪扭扭的涂鸦或者一堆人的心情留言，这是一个女孩子清秀的字迹，一笔笔，都写得非常清晰：

再也不会有人和我一起逃课；

再也不会有人天天陪着我满校园乱逛；

再也不会有人每天早上放一盒酸奶在我课桌；

再也不会有人和我在晚自修偷偷跑去操场聊天；

再也不会有人在我笑时一起笑在我哭时一起哭；

再也不会有人牵着我的手一起过马路对我说当心车子

……

这些是铅笔字，字迹却并没脱落的痕迹，看来，刚写上去不久。

赵七七看完这几行字的时候心中忽然升起些异样的感觉……不，不是一些，是很多。

似乎曾几何时，自己也曾经这样傻过、伤心过、天真过，单纯地为了一盒酸奶感动过。

细想之下那些日子似乎距离自己很近，不过一眨眼的工夫。但再一追溯，又觉得这些时光像是隔了好远好远的路程，远到……触不可及。她觉得过往的那些酸甜苦乐，现在回想起来，都成了白茫茫的一片雾境。

她叹了口气，对身边的顾静怡说："静怡，要好好度过接下来的两年啊，大学毕业后，一切都不一样了。"

顾静怡抚摸着桌子上的字迹："嫂子，你们都这么说，但是我没有经历过就永远都不会明白。或许……等到很多年后，我再次回到这里，看看这些桌椅，那个时候，我就懂了。"

"但是那个时候已经来不及了。"

"来不及什么？"顾静怡笑了笑，"嫂子，这几年，抓着它不放也是过，不知不觉也是过，我并没有想着要在这几年里得到些什么，我觉得我该有的都已经有了。就说你好了，不管你当初那几年过得怎么样，现在回想起来，不都是这样的心情吗？"她轻轻松松舒了口气，"所以啊，没什么区别的。"

赵七七觉得她的话很有道理，便也不再多想。

“走吧，静怡，我有点饿了，去你们食堂找找看有什么好吃的。”

一说到吃的，顾静怡可高兴了：“我们这边好吃的东西可多了，有老鸭粉丝汤、香菇鸡柳饭，还有各种各样的砂锅、粉丝，我最爱的是扬州炒饭，西米露奶茶也很好喝……”

“怎么办，我突然想起了追你哥那会儿……”

“哇！竟然是你追的我哥？！”

是啊，在爱情的领域里，好像是谁先起跑，谁就输了，更何况我当时还跑得太急、太快。

好在，我遇到的是庄希。

下午回到公司，向徐崧文大致交代了一下情况后，赵七七回到自己的办公桌上处理文件。

没过多久，她就接到一个大学的学生会助理打来的电话，说是可以把事情安排下去。赵七七向他把事情简单说明之后问了他的邮箱，直接给他发了份计划书过去。

这次的促销似乎比预想中的简单很多，一个下午，她陆陆续续接到了各个学校的学生负责人打来的电话，高兴之余她给这次的促销计划取了个名字：“草本物语”青春校园行。

张依一看，笑道：“果然很青春，你去了一趟大学回来，人也精神不少。总监让你下班之前到他办公室去一趟。”

赵七七说：“他怎么不直接找我啊？”

张依低下身轻轻说：“大概是私事。”

赵七七点了点头。

“我现在就去一趟，不然心神不宁的。”

到徐崧文办公室的时候看见他正趴在桌子上睡觉，赵七七站在门口犹豫不决，我是该进去呢还是晚点再来找?

想了想，她还是大踏步走进去，尽量声势浩大点。

果然，徐崧文抬起头："我还以为地震了呢。"

赵七七开玩笑："原来我们的总监在带头睡大觉，难怪呢，整个销售部都显得懒洋洋的。"

"你倒是开起我的玩笑来了。"

赵七七呵呵一笑："以前方总监总是说，上司和下属之间呢要经常开开玩笑，不要整日死气沉沉的，工作氛围太压抑的话，也会影响工作质量。"

"那我倒是宁愿影响工作质量了，你要是每天都这样跺着脚进来，我过不了多久就要被楼下投诉了。"

赵七七不再开玩笑："小依说你找我？什么事？"

话刚问完，赵七七突然觉得眼前一花，要不是徐崧文动作快扶着，指不定就摔了。

"怎么回事？要不要去医院去看看？"

赵七七摇摇头："没事，可能没睡好，你布置任务吧。"

"你这样我哪还敢给你工作，被允贞知道了非跟我闹，我看你脸色很不好，还是去医院检查一下。"徐崧文说着拿起座机打电话给小依。

小依很快就过来了，立马就唯命是从拉着赵七七去医院。

一检查，医生说她怀孕了。

现在是三月，万物复苏的季节。赵七七看着窗外刚刚开出的黄绿色嫩芽，不经意间咬了咬嘴唇。

心中翻了锅，怎一个，折腾了得。

快到四点的时候，庄希打了个电话过来：“七七好老婆，我今天非常忙，回家会比较晚。”

“嗯。”赵七七对着手机闷闷应了一声。

“在公司？”

“嗯。”

“不开心？”

赵七七叹了口气，想了想又眯着眼睛笑说：“我要送你个小东西。”

庄希“哦”了一声，说：“我听你这口气，不像是什么好东西。”

赵七七闷了一下午，接到这个电话顿时玩心大起，说道：“是啊是啊，你马上就要倒大霉了，我刚才去抢银行了，现在正被通缉呢。”

庄希笑道：“那倒霉的也不该是我，谁做的坏事，自己承担去。”

“是不是人啊！”赵七七对着手机低低叫了一声，“就让可怜的没人要的我被抓走好了。”

“那我可舍不得，罪过大了。”

赵七七嘿嘿一笑：“现在给你一个赎罪的机会，今天回家煮饭的任务就交给你了。”

“恐怕不行，今天加班。”

“哦。”赵七七不由得噘了嘴，哼，回来有你后悔的。

“那行，就这样吧，我上班了，晚上见。”

“嗯。”

到了晚上八点，庄希还没有回来，赵七七越想越气，气着气着就把自己气哭了，哭着哭着又睡着了。

庄希九点多才回来，从赵七七身后抱住她，贴着她的耳朵：“赵小七，我回来了。”

赵七七“嗯”了一声，没有醒来。

“你不是说要送我东西吗，快给我看看，你怎么可以先睡着？”他抬手擦了擦赵七七的脸，“怎么哭成小花猫了，这么脏，我都不敢亲你了。”

“那你就不要亲我，”赵七七带着哭腔，眼泪从紧闭着的眼睛里流下来，“也不要抱我，不要和我说话。”她扭了扭身体，想从他怀里挣脱出来。

庄希抱紧她，吻上她的眼睛，轻声哄道：“乖，怎么了，看韩剧了？我保证再也不加班了，快睁开眼睛看看我，我知道你想我了。”

赵七七使劲推他：“我才不要看见你，你走开，不要管我，让我自生自灭好了！”她眼睛还是闭着，却已经不是侧对着他。

庄希很喜欢赵七七这一点，就是在非常生气地发着脾气的时候，她说出来的话都会让人觉得，这姑娘只是在跟自己闹着玩，而不是真的吵架。

这样面对着面，她没有看见庄希，庄希却是把她的正脸看得一清二楚。他看到赵七七睫毛上沾着晶莹的小水珠，额头上长了两颗红色的小痘痘，脸上的气色虽然泛着红但并不好，一头碎发蓬松地和汗水泪水黏在一起。

赵七七这般惨不忍睹，庄希心疼地吻上她发白的唇。感觉到怀里的人挣扎了一阵，然后乖顺地任由他吻着。

这个吻结束的时候，赵七七终于睁开眼睛看了他一眼，吐出三个让庄希忍不住笑的字：“登徒子！”

庄希抬起一手帮她理顺头发，笑着说：“登徒子才不会欺负这么难看的人。”

赵七七打掉他的手：“你说我难看！”

“笑一笑就不难看了。”庄希揽着她，“还没吃晚饭吧，饿不饿？我给你烧蛋炒饭好不好？”

赵七七安静下来了，埋头钻到他怀里：“不要吃饭，我想喝酸奶。”

“又减肥啊？你不胖，还比前两天瘦了一点，再不吃饭要被风吹走了。”

赵七七说：“才没呢，我就是不饿不想吃饭。”

“好好好，我们喝酸奶。”

庄希正要去厨房，却被赵七七一把拉住，她气势汹汹地看着他。

“又……怎么了？”

“以后不准这么晚回来！”

庄希做低头认错状：“好好好，这次是我不好，该罚、该罚。”

“当然要罚，你先去把地板擦了，然后接下来一个星期的衣服全部你洗，饭菜全部你做！”

“好，唯老婆之命是从，一会儿先给你拿酸奶，填饱了肚子再想想还要我做些什么。”庄希一把抱起赵七七，往卧室的卫生间走去，“但是在这之前呢先洗个澡，不然小猪都要发臭了。”

赵七七气道：“我一回来你就说我又臭又难看，那我干脆就不洗澡了，熏死你！”

“是不用你洗，”庄希埋头在她脖子边低笑，“我帮你洗。”说话间温热的气息吹拂而来，惹得赵七七脖子里一阵痒痒。他知道赵七七怕痒，所以故意的。

最终，庄希一身水的被赶出了卫生间。

洗完澡后，赵七七已经没了睡意，穿着娃娃睡衣坐在床头想着孩子的事情。

不一会儿，庄希拿着酸奶进来：“晚饭来咯。”

赵七七接过酸奶，郑重道：“庄希，我要跟你说件事。”

庄希见赵七七神情严肃，有些战战兢兢：“怎么了？”

“我们，有小宝宝了。”

庄希掰过赵七七的身体，定定地看着她：“你刚才说什么？”宝宝？他真怀疑是自己听错了。

“一点都不关心我。”赵七七嘟着嘴，看着地面。

“关心，关心！这世上我最关心的人就是你了！”庄希把她的头转向自己，“我刚才没听清楚，你再说一遍。”

“我、怀、孕、了。”赵七七一字一顿说，“一个月。”

“真的呀！”庄希喜极，看着赵七七并未起什么变化的肚子，“快让我看看长多大了，男的女的。”

赵七七无语：“现在哪知道男的女的？才一个月，都没有形呢。”

“很快就有，很快就有的。”庄希把头放在赵七七肚子上，“来，让爸爸听听声音。”

“早着呢，现在可没什么声音。”

庄希头一抬：“可我怎么听见了？”

赵七七撇撇嘴：“那是我饿了！”

“饿了？那也是，都没吃晚饭呢。”庄希道，“光喝酸奶可不够啊，你别把我儿子饿到了。”

“你怎么知道是儿子，要是女儿你就不要了？”

“要！当然要！女儿才好，女儿和爸爸亲，我就是要女儿！”庄希乐傻了。

赵七七看着语无伦次的庄希，一时间无语。

“我正好也没吃晚饭呢，宝贝你想吃什么，我现在做去，咱们一家三口一块儿吃。”

赵七七想了想，似乎真有些饿了：“方便面吧。”

“不行，”庄希反对，“那多没营养。”

赵七七嘟囔着：“谁上星期还和我说，饿的话自己煮方便面吃，方便！”

“现在不一样了。”

“是不一样，我吃就有营养，你儿子吃就没营养。”

庄希纠正：“我说了要女儿。”

“你说女儿就女儿了？我就喜欢儿子！”

“你别这么说，要是被咱女儿听见了，得伤心。”庄希说着摸摸赵七七的肚子，“男的女的都好，有个娃就好。我洗澡去，你睡不着就看会儿书，记着别开电视机，有辐射。”

“你真夸张。”

之前已经睡了会儿，赵七七现在确实睡不着，她随手抓起旁边的一本书翻了起来。

《三国演义》。

赵七七记得小时候她把这本书看过很多遍，但是每一遍都只看到董太师大闹凤仪亭，这回她干脆就跳过了这一章，直接往后翻。

庄希裹着浴巾出来的时候一把抓过赵七七手里的书：“这

个太血腥了，看不得，要吓到我们宝宝。”

赵七七一脸抽筋似的看着他。

庄希义正词严，循循善诱道：“我说得没错啊，你想，满篇的打打杀杀，会对幼儿的发育造成极为负面的影响，你不希望将来生出个性格狂暴的孩子吧？改天买些个《三字经》什么的看看，我上次听电视里讲的，那个对胎教好。”

赵七七预想，她在未来的九个月中很有可能面对一个比唐僧还要烦人的丈夫。

星期五之后的两天是赵七七最喜欢的日子，不用上班，乐得自在。她懒在床上说想去中山公园踏青，庄希过来催她起床：“过午不去。”

赵七七立马以最快的速度起床。

顾静怡原本说是要睡觉的，但是在他们出门之前突然在房间里嚷嚷起来：“哥哥嫂子你们等等我，我也要去！”

庄希不乐意地说道：“我和你嫂子约会呢，你这瞎起什么劲。”

“哎呀，你们都有一个电灯泡了，多我一个也不多。”

于是乎等着她刷牙洗脸换衣服吃早饭，又是半个小时过去，庄希在心中嘀咕了句：“灯泡。”

在S城大大小小的公园中，赵七七对中山公园可算是情有独钟，因为在大学的时候经常会和同学来这边玩。她记得有同学在亭子边的一棵大树上刻下过自己的名字，今天突发奇想地想去看看。

那棵树是找到了，但是上面根本没有什么字，赵七七左看右看：“应该就是这棵啊，怎么就没有了呢？”

庄希也帮她找了一遍：“真没有，赵七七你傻啊，都这么多年了，树皮都能自己长出来，年长日久的，那上面的字还留着才怪。”

赵七七不放心似的又看了几眼，离开的时候心中说不出的难过。

她不知道是不是怀孕的缘故，最近情绪波动似乎有些大。

顾静怡一路上就顾着和别人家的小狗玩，庄希好不容易逮着个机会跟她说上句话：“带着狗去别的地方玩去，我跟你嫂子有话说。”

顾静怡一脸狐疑。

“干吗这眼神，我们小两口说说话，你在一旁凑什么热闹？早说了让你别出来的。”

顾静怡抱着贝贝：“好嘛好嘛，不打扰你们。”说着去草坪上找其他的小狗玩。

赵七七正在前面走着，看到顾静怡突然离开，转过头问：“静怡干什么去？”

庄希快走几步跟上她，一手搂住她的肩膀：“她去玩小狗呢。赵七七啊，我们好像很久没有这样单独出来走走了。”

“是啊，你总是忙着上班，都不知道抽空陪陪我。”赵七七很不客气地接了句。

“你怎么逮着话就往下接啊。”

赵七七调皮地笑笑：“夫唱妇随嘛！”

庄希带她到一个人少的木凳子上坐下：“赵七七，我想和你说说话。”

“怎么这么郑重啊？我们不是每天都在讲话。”

“那讲的都是俗事。”

赵七七低着头一笑：“那你说些不俗的给我听听，什么海枯石烂啊、矢志不渝啊……这些你从来就没跟我说过的。”

庄希抱着赵七七，把她的头放在自己肩上：“想听甜言蜜语啊。”

赵七七歪着脑袋看他：“那你想和我说什么？”

庄希想了很久：“不知道。”

“不知道？”

“是说不清楚。”他把她抱得紧了些，下巴抵着她的头发，“我有说过我很爱你吗？”

赵七七想了想：“说过爱我，但是没有说过很爱我。”

“老婆，我很爱很爱你。”

“嗯，听到了，你老婆大人很开心。”赵七七靠着他，拉着他的手，心满意足地闭上眼睛，眼中微微有些湿润。

“我觉得吧，有个女人给我生孩子，真的是一件，特别……特别奇妙的事情，一想到我要做爸爸了，我就有种说不出的感觉，又是高兴，又是担忧……”

赵七七以为自己没有准备好，原来，庄希也没有准备好。她笑了笑，伸手抚上他的脸：“你担忧什么？”

“我怕我照顾不好你们，怕我做不好一个父亲，怕我不能为这个家做很多事情。”

“庄希，结婚不是你单一地照顾我，我也应该在各个方面多多包容你才对，别把我想象得不堪一击。你看现在这样不是很好吗？一切都会好的，你既然都这样想了，一切就都会好的。你会照顾好宝宝、照顾好我、照顾好我们的家。”

庄希说：“谢谢你老婆。”

他抱着她，她靠着他，公园里来来往往的人都没有注意到这一张木椅上相依相靠的两个人。

微风轻轻吹动着树叶，静下心来的时候能听见沙沙声不断。赵七七忽然觉得像是回到了几年前，几乎是刚刚步入大学的时候的那种感觉，单纯的、波澜不惊的，带着一点孩童式的憧憬和幻想。似乎身边的这个人并不是与她结了婚的丈夫，而是一个交往了几个月的小男朋友，为着一次手牵手过个马路都要高兴很久的、年少时候的爱情。

她觉得自己有些胡思乱想了，分明是一个怀了孕的女人，却无端生出这些莫名的感触来。

他们静静地说着话，不知道过了多久，听到顾静怡在一旁咳嗽了几声。

赵七七想从庄希怀里出来，庄希却不放，只是转过头看着顾静怡说："咳嗽什么，你哥哥嫂子相互拥抱一会儿，你还非礼勿视了？"

顾静怡有些脸红地说道："大老远看上来像是要私奔的小情侣。"

"那说明我和你嫂子年轻，你要是羡慕，也赶紧找个男朋友去，老大不小的了——别跟妈说我叫你找的啊。"

顾静怡瞪着一双大眼睛看着他们："我要真找一个来你可不准说我。"

"我能说你什么？"他看了看赵七七，意味深长地笑笑，转而问顾静怡，"你找我们什么事？"

顾静怡说："饿了。"

"那么大个人了自己不会去找吃的啊？"

"我说哥你怎么就这么别扭呢！"顾静怡气得有些想跺脚，"我不管，你带我出来的，要管饭！"

“谁叫你不声不响跑来打扰我们，没看见这恩爱着呢。”

顾静怡有点崩溃，她怎么就摊上这么个哥哥，指了指手表：“十一点半了，你自己不饿，我嫂子和我侄子都要饿了，你要不想吃就自己回家去，我和嫂子去。”

“饿了饿了，我也饿了。”赵七七赶紧站起来打圆场，推了推庄希，“走啦，吃饭去。”

接下来的两个月，用赵七七的话来说，就是在喜悦与苦难中痛并快乐着。所有的担忧都来了，公司里开会的时候说不上几句话就跑卫生间，同事们去吃饭的时候她往往都是躲在办公室吃水果，徐崧文现在就连送文件这种事情都不敢让她去做，整日把她晾着。

张依笑说：“七七姐，你有没有一种被人全方位保护着的感觉？”

赵七七回答：“我有一种想把肚子里这家伙抓出来教育一下的冲动。”

“好夸张！真那么辛苦啊？”

这次赵七七来不及回答，直接冲向卫生间去了。

孕育生命是一个喜悦与艰难参半的工作，而促销的实际操作也没有想象中那么简单，经常是一波未平一波又起。顾静怡那边倒还好说，有什么事情都被她那拥有三寸不烂之舌的小姑给招架住了，但是其他学校经常就会出现各种各样的情况，今天是送货的人找不到收货的人了，明天是产品出现质量问题了，后天又是哪个促销员不想干要提早结算工资了……赵七七觉得她真的是身心疲惫。

李美华每天给赵七七炖各种各样的汤，其实赵七七闻到味道就已经觉得很难受，但是每次还要强迫自己喝下去。其实喝完没什么也就算了，但她喝下去之后过不多久又要辛辛苦苦地把它们吐出来，吐完之后还要想着怎么样让自己吃点东西以防止半夜饿肚子醒过来。

李美华本来想着让赵七七胖几斤的，但是两个月下来，她反而还瘦了，这让一家人急坏了。每天回到家，庄希和李美华都要问一大串今天有没有怎么怎么样的问题，他们的目光能关注到发生在赵七七身上的每一个细小的变化：一个小喷嚏、一点点疼痛，庄希都会十分敏感。赵七七只要有一点点不舒服，庄希马上就观察、翻书，到谷歌和百度查一大堆资料，似乎时时刻刻都在准备着迎接不正常的突发事件。

赵七七觉得她现在不是在怀孕，而是在打一场游击战。而前面所有面对着她的都是敌人：公司、学校、徐崧文、电话、庄希、婆婆、食物……甚至肚子里的孩子。游击战的精髓一遍遍地在她脑海中浮现：敌进我退，敌退我进，敌疲我打，敌逃我追，她觉得她晚生了这么些年没去参加革命真是太可惜了。

这段时间，赵七七成天盯着日历，这日子越过越迷茫，她已经分不清这时间是过得太慢，还是过得太快。

据说孕妇经常看漂亮宝宝的照片会生出漂亮的宝宝，庄希见她最近天天看好几次日历，干脆就把家里的日历都换成婴儿日历。张依有样学样的，在办公室里也弄了一本，赵七七眼前成天就是一堆的宝宝盯着她，大眼瞪小眼，她觉得长此以往自己都能瞪出斗鸡眼。

最恐怖的是有天晚上做梦，赵七七梦见一堆婴儿张牙舞爪地盯着她，她吓醒之后出了一身冷汗，第二天就逼迫着庄希把那日历给换掉了。

庄希觉得赵七七的心理压力太重。

赵七七掰着指头数这几天来发生的事情。

前阵子她的体温呈现高温状态，一直持续了半个月左右，庄希紧张得立刻把她送去医院，医生说了是正常情况后他们才放心下来。

那两个星期赵七七一天比一天慵懒，身上发着热，脚上觉得凉。她摸摸肚子，经常觉得心情烦躁，竟然没有因这个孩子感觉到应有的喜悦，曾一度怀疑自己是个恶毒妈妈。

胃部感到恶心并且经常有孕吐，这也就算了，但是这段时间以来她一直觉得头晕、心跳速度加快。月初，庄希和李美华商量了下之后，又把赵七七带去医院做检查，医生说，这种情况也是正常的。

几次折腾之后，赵七七心中畏惧，庄希都开始觉得自己越来越疑神疑鬼，他向赵七七保证，今后一定不会随随便便带她去医院。但是，上个星期赵七七连着流了三次鼻血之后，庄希当机立断地决定再次去找医生。

可赵七七怎么说都不愿意了。庄希无奈之下又去寻求伟大的、无所不知的网友们，最终得知：孕妇流鼻血也属于正常情况。

庄希放心了。

可是赵七七还不放心，她总觉得心慌。

庄希一回家就听见赵七七在叹气，提醒说：“你别总是叹气啊老婆，大人的心情会影响孩子的心情，别到时候小小年纪的就患有忧郁症。”

赵七七一笑：“你说什么呢！”

“我胡说八道，你当没听见。”庄希拎着一大袋东西走过来，“快来看看，我买的什么好东西。”

赵七七拎过一个袋子：“什么啊？怎么这么多？”

庄希一件件拿出来放到赵七七手上。

“看，小孩的衣服啊、尿不湿，还有玩具，都是智力玩具，有助于宝宝的头脑发育。”

赵七七拿着满手的东西有些不知所措：“庄先生，现在才第三个月！”

庄希傻笑着：“我这不是着急吗，恨不得现在就有个小孩子在我面前爬来爬去的，多好玩啊！”

赵七七无语。

“我现在还只买了一点，那家商店的东西特好，我看见那婴儿床，可好玩了，上面装了好多小铃铛，你见了一定喜欢。还有这些衣服，我就挑了几件，等咱们的小幺出生后，再去多买些。”

“这些现在都用不上啊。”

“怎么用不上，看看都开心啊，你不是最近老觉得心情郁闷吗，看看这些就不郁闷了。想想我们的宝宝，多可爱啊，至于这些玩具，你自己可以先玩着啊，到时候还能教宝宝怎么玩。”庄希一脸正经。

赵七七哭笑不得地看着他。

她发誓，如果有来生，她一定要做个男人！当老婆辛辛苦苦怀着孕的时候，自己只需要享受拥有宝宝的幸福，而不用终日提心吊胆又累又难受。

晚上，赵七七又翻来覆去睡不着觉，庄希抱着她：“宝宝，苦了你了。”

赵七七嘀咕着：“都是你害的。”

“是，是我不好。”庄希乖乖承认。

赵七七叹了口气，把头靠在他胸口：“你现在迫不及待给宝宝买衣服买玩具，迫不及待地想象他在你面前爬来爬去，迫不及待想选最好的小家具给他……可是，一旦真的到了那个时候，你会不会就没了这种热度，什么都不想做了？”

“傻瓜，”庄希轻轻敲了敲她的头，“你对宝宝的爱会只持续这么几天，过后就不关心他了吗？”

赵七七果断摇头：“不会。”虽然说她最近觉得这孩子太烦人了，但还是忍不住为了他的存在而欢喜。

庄希说：“那就对了，我对你对宝宝，会一直一直爱护下去的。”他在赵七七背上慢慢地轻拍着，“乖了，早点睡，你最近真的是想太多了。明天下班我陪你出去走走，散散心，别老闷在家里。”

“嗯。”赵七七闭上眼睛躺了会儿，不知道过了多久，还是睡不着。

她怕影响庄希的睡眠，所以紧闭着眼睛一动都不动，可是不多会儿，又想上卫生间了。

赵七七尽量轻手轻脚地起来，连灯都不敢开，可还是被庄希发现了，他最近睡得都很浅。

“你怎么起来也不开灯？”庄希说着把灯打开，“不小心摔着可怎么办？不用担心吵醒我，我本来就没睡着。”

赵七七“嗯”了一声，去完卫生间回来看庄希还没躺下：“你怎么还没睡着？”

庄希把她抱好了：“我等你先睡着。”

“你怎么知道我没有睡着？”

庄希笑着说：“我的赵七睡觉很不安分，在睡着之后的一刻钟内，肯定会踢一次被子，我等到你踢被子的时候就知道你已经睡着了。”

“你早上起得比我早，晚上比我睡得晚，会不会比我还要累？”最近他们俩的衣服都是庄希洗的，房间里的家务也都是庄希在做，赵七七只负责对付肚子里的庄小幺。

“不累，比起你的辛苦，我这点算不得什么，总不能让我见着我的赵七大大那么累，我自己却轻松得什么都不管吧？不管怎么样，我都陪着你。”

赵七七嘴角牵起一抹笑意。

“我看书上说，这段时间要特别注意睡眠，你本来就嗜睡头晕，晚上睡不好的话白天就更辛苦了，所以现在呢什么都不要想了，早点睡吧。”

“嗯。”赵七七想了想，“可是，我有点饿。”

庄希捏捏她的鼻子：“知道饿是好事，这几天你吐的比吃的还多。”

“正好能减肥，不错。”

“瞎话，下个月你可得给我把肉长回来，不然妈得怨我没把你养好了。”庄希在床头柜上拿了山楂和饼干，喂给赵七七，“来，张嘴。”

“啊。”

赵七七觉得像这样把山楂吃满嘴是件很幸福的事情，但是吃完东西之后，她又开始担心晚上会不会醒来再次吐掉。

在赵七七的要求下，庄希很称职地哼起了小曲。

这一夜睡得很安稳。

第二天起床的时候，赵七七感觉身体的不适已经好多了，连着好几天的腰酸背疼都有了改善。

她吃了一整碗白粥，喝完了一盒酸奶，庄希和李美华大喜过望。

李美华说：“第四个月的时候呕吐就会慢慢好起来了，看样子是差不多了，接下来一个月给你好好补补。”

赵七七听完这话又有些害怕了。

公司今天有个五月份的销售部月度总结会议，这放在平时其实也就是个形式，大家过过场，业绩好的人多多少少夸大说辞凸显一下自己的能力，业绩不好的人千方百计掩饰自己的过失争取下次努力，然后总监稍微说一下意见，最后就是聚会吃饭唱歌娱乐。

而这一次的月度会议有些不一样，赵七七总觉得徐崧文看似谦和有度的外表下隐藏着些桀骜和戾气。艾蒙推推眼镜，不动声色地站在他身后，目光偶尔瞥一眼在座的人。

徐崧文对面的一个副经理神色有些不安，还经常扯扯自己的领带，看上去很热的样子。

徐崧文笑着问那副经理：“朱副经理，你很热吗？要不要开空调？”

“不、不用了。”他尴尬地笑笑。

在徐崧文刚来S城的时候，这位朱副经理曾在背地里不痛不痒地放言：“在职场上，凭的是真本事，光个人魅力是不起什么作用的。”这话直指徐崧文，他在怀疑徐崧文的能力。

在销售市场上，重新塑造一个产品的销量要比打造一个全新的商品更有难度，但是徐崧文做到了，S城CL化妆品的销售量在上个月达到了以往的最高点。

徐崧文喝了口水，目光在眼前的人脸上一一掠过，但是没有一个多做停留，驾轻就熟、轻松自然。继而他说道：“上个月的销售纪录又有了提高，表现最好的是赵七七负责的‘草本物语’，这个活动不仅获利可观，还挖掘出了一大批日后可以继续购买我们产品的在校大学生，也就是说，兼顾到了日后的长远利益。这个案子一开始只是我跟赵七七开的玩笑，但是她出色地完成了任务。她是我的助理，有人会觉得她这次是越职，但是这个案子交给别人去做的话不一定能做得这么好，大家说是不是？”

底下的人窃窃私语地附和着。

徐崧文转向朱副经理，问：“这个月销售量最低的是什么产品？”

朱副经理抬手擦了擦汗：“是……White Baby。”

徐崧文露出一个耐人寻味的笑容：“投入成本最高、销售量却最低，并且市场上口碑并不怎么好的……White Baby，这是你负责的吧。”

“是的。”朱副经理艰难地点了点头。

徐崧文说：“看你下个月的努力。”

顾静怡现在上大三，忙的时候忙着学习，不忙的时候忙着玩，怎么说来都挺忙的，赵七七上次见到她的时候估计是一个半月以前了。

这次难得回来，顾静怡也没闲着，星期六玩过之后星期天又想着要去锦江乐园，一大早就在门口扯着嗓子敲门：“嫂子啊，你们起来没啊？”

赵七七半梦半醒中看到庄希拖了个枕头去开门，爬起来的时候正看见他把枕头往顾静怡怀里一塞。

“睡着呢，自个儿玩去。”

顾静怡把枕头还给他：“给我个枕头玩什么啊，你看嫂子都起床了，我们今天出去玩嘛！”

“这个……”庄希举着枕头，“我本来是想用来砸你的，就怕吵醒你嫂子，现在你嫂子已经被吵醒了，那你还是让我砸一顿吧。”

客厅里一阵惊天动地。

李美华很是时候地出来把他们兄妹俩骂了一顿。

“你们要出去玩就到外面去，别在屋子里闹，楼下的找上门来影响多不好，还以为我们家动物园呢。”

“知道啦！”顾静怡躲在庄希身后，“我们等嫂子起来了一起出去。”

李美华说：“你们俩出去玩就行了，七七今天得留在家里，别累着她。”

“怎么会累着？就是出去走走。”

“你又没怀过孩子，怎么知道不累？她明天还要上班呢，反正七七今天得待在家里。”

“那怎么行？”庄希看了李美华一眼，“要不都去，要不都不去。”

“那就都别出去了，好好地在家不是挺好。”李美华走到玄关换了双鞋子，“我到楼下公园去和她们聊聊天，你们都别进厨房，又要搞得一团糟，我一会儿回来做。”

赵七七在房里叹了口气，她竟然也有被禁足的一天。

顾静怡想了一晚上去什么地方玩，可是现在……算了，她很仗义地想，为了嫂子，在家里待一天又何妨。

于是乎……三个人在家里看电视。

所有频道看过一遍，没有什么好看的，顾静怡捧着遥控器说要看《武林外传》，庄希争抢不过，只能作罢。

一集播完后庄希想换台，顾静怡说："哥，你急什么，这个全天连播的。"

庄希询问加求助的目光看向赵七七。

赵七七说："就这个吧，我觉得挺好看的呀。"

顾静怡抱住她大笑。

这天刚吃完饭的时候，赵七七的手机又响了，她现在听见手机铃声都觉得有点莫名恐慌。

一看是李沁，心情好了大半。

"亲爱的，我好辛苦啊！"赵七七一接起电话就开始诉苦，"你那个干儿子太过分了，整天搅得我不得安宁。"

李沁在电话那头笑："乖乖啦，怀孕都是这样的，我马上就来看你们。"

赵七七大喜："真的啊！"赵七七一想到李沁要来了，难受什么的都抛到九霄云外去了。

两人见了面，李沁还是没什么变化，看着赵七七的腹部，激动地伸出爪子。

"现在还没有感觉吧？多久能感觉到他在动？"

"医生说要五六个月。"

李沁恋恋不舍地把手挪开："身体不舒服严重吗？刚电话里还跟我叫苦呢。"

"现在好多了。"

李沁看了看："还好还好，没有长斑啊什么的，还是美丽着。你有听说过一句话没，'生育让女人更完美'。"

赵七七笑道："美美美，你自己怎么不去生一个？"

李沁突然没声音了。

"好啦，我开玩笑的。"

大学毕业后李沁一直在忙着工作，加上之前的存款，终于在前阵子付上了一套二手房的首期，接下来还有一大笔的贷款要还。

赵七七想想她也真的是不容易，这么多年来一个人在外面闯，大学时候就很拼命，现在还是很拼命。曾经的李沁对自己有一个要求，就是必须在三十岁之前结婚。而现在，她似乎离结婚还有些距离，终日忙忙碌碌，或许也想不起年轻的时候曾那样年少气盛过。

李沁走后，赵七七闲着无聊的时候给庄希发起了短信，但是迟迟等不到回音。她看着太阳一点点下山，无端地又开始苦恼了。

苦恼着苦恼着，渐渐有了睡意，半梦半醒之际她觉得孕妇就是好，一直睡都睡不醒，不像以前，还总是失眠。

在即将进入深层睡眠的时候，庄希的短信回来了：老婆大人，今天工作很忙，会晚点回来，你累了要早点休息。记得别总是玩手机，这也有辐射的，晚饭跟妈好好吃，照顾自己。问好咱家宝宝，告诉他爸爸爱他。

赵七七又把短信看了一遍，心里说：你就知道爱宝宝。

女人在等不到丈夫回家的日子里总是苦恼的，今天赵七七苦恼地看了会儿电视，苦恼地吃完了晚饭，苦恼地喝完了婆婆熬的汤，苦恼地洗完澡，最后终于苦恼地爬上床睡觉。

更苦恼的是，她一开始还睡不着，想着庄希什么时候回来，想着公司里会不会出现什么状况，想着李沁接下来会怎么样……想着，明天早上起来的时候会是几点。

在这样的苦恼中赵七七终于还是睡着了，但是这一觉并没有睡好，她做了个噩梦。

梦里赵七七亲眼看到庄希和一个打扮新潮的美女坐在高级餐厅里用餐，光是用餐也就算了，那美女还动不动就拿起叉子给庄希喂吃的，庄希竟然还满脸幸福地吃下了，一口……又一口。赵七七就在一旁看着，但是他们视若无睹地继续甜蜜着，她想大叫，但叫不出来。

吃完饭之后，庄希牵着那个女人的手从赵七七身边走过，一路走出餐厅。赵七七在后面追着叫他的名字，但是他就跟没有听见一样。他们越走越快、越走越远，赵七七追不上。她哭得满脸都是泪，拼命喊着庄希的名字，但是他不理她，连个回头都没有。

最后赵七七被一块大石头给绊倒了，她心中万分惊吓，亲眼看着自己一点点摔倒下去，在那样的痛苦和无助之下，庄希和别的女人在一起，不理她了。

赵七七哭着吓醒了，大叫一声："庄希你浑蛋！"

"怎么了？"庄希刚睡下没多久，就听见赵七七爬起来骂了他一句。

他坐起身，看见赵七七坐在床上泪流满面，紧张道："到底发生什么事了？哪儿不舒服？"

"我肚子疼！"

庄希一听急了："肚子疼？怎么会肚子疼？吃坏东西还是

怎么回事？别怕别怕，我揉揉。”

赵七七推开他：“我那样子摔下去，当然疼了！你都不理我，看都不看我，就让我那样摔下去，宝宝要是有什么事的话，我一定恨死你！”

庄希几乎吓出一身汗来：“摔跤？什么时候的事情？赵七七你怎么现在才跟我说啊，走，我带你去医院看看。”

“走什么走，你跟那个女人走好了，不要理我，让我摔死了干净！”赵七七坐直了身体哇哇大哭起来。

“什么女人？哪有什么女人？”庄希把她抱紧，亲亲她的脸，“小傻瓜你在胡思乱想什么，乖，先不哭了，说清楚怎么回事。”

赵七七搂着他的腰，哽咽道：“我梦见你不要我了。”

庄希一听这话这才放下心来，知道她只是做噩梦了，又见她这个样子，反而笑起来。

“你还笑！”

“不过是一场梦，看把你吓得。”

“那也是你不好！”赵七七这一句还像是胡搅蛮缠，但是后面的话就说得理直气壮起来，“要不是你今天回来这么晚，我怎么会睡得这么不开心？要不是你让我不放心，我怎么会梦见你和别的女人在一起？要不是你在梦中表现得那么坏，我怎么会摔跤？”

庄希觉得自己挺委屈，他上班忙碌那不是自己乐意的，不放心他那是出于赵七七的主观想法，即便这前两个理由还说得过去，后面那个简直就太说不过去了。梦是赵七七自己的，能做成什么样与他又有什么关系？

但是他不能把这些说出来，面对现在的赵七七，庄希只有统统承认下来："你说得对，都是我的错，我不该上班到那么晚，不该让你不放心，不该在梦里欺负你。"

庄希擦干她的泪水："梦醒了就什么都过去了，现实中的庄希是一心一意对你好的人，绝不会像梦里那样的。"

"你不可以骗我。"

"绝不骗你。"

"那如果真的有个美女要找你吃饭……"

庄希打断她："没有什么美女，我所有认识的人里面你最美了，我天天就喜欢和你吃饭。"

"越来越油嘴滑舌。"

"我说的都是真的，你看我天天那么早回来，不都是为着陪你吃晚饭吗？你要还是不放心，那我干脆也跟公司里请假，就叫'陪产假'，你什么时候生完孩子坐完月子，我什么时候再去上班。"

赵七七破涕而笑："大半年的'陪产假'，那你就等着被开除吧。"

庄希见她笑了，知道风波已经平息，捏捏她的鼻子说："没关系，你忘记你老公手里有飞扬城的股份，钱是花不完了，肯定能养你和宝宝，把你们养得肥肥胖胖的。"

"我才不要肥肥胖胖的。"

"好，不肥，我们赵七七苗条着呢，一点都不肥。"

赵七七说："你有没有觉得我最近好烦人？"

庄希笑道："我就喜欢被你烦着。"

"那么……烦劳你把手臂借我，我要睡觉了。"

庄希很自觉地给她找了个舒服的位置躺下。

这一带的夜很静，只听得见房间里时钟嘀嘀嗒嗒走过的声音。庄希第一次觉得，对于赵七七，自己的付出或许是太少了，所以才会让她在睡觉的时候都那么不安稳。

庄希在心中叹了口气，一切都会好的，他会一如既往地爱着她，时间长了赵七七就能明白。

他小心翼翼地在她额头落下一个吻。

“老婆，安心睡吧。”

这天李沁约赵七七出去吃饭，让赵七七没想到的是，一起来的还有杨洁怡。

杨洁怡和以前比变化非常大，看上去沧桑老成了不少，穿着一身玫红色的职业小套装，不认真看还真看不出她是念大学时候那个会动不动脸红害羞的小姑娘。

怎么说也算是老友相聚，虽说之前有过不愉快，但现在时过境迁，早已物非人非。不变的是，女人在一起的话永远是说不完的，她们从饭前扯到饭后，从红日高照扯到太阳落山。

很多话题，还是围绕着赵七七的肚子。

杨洁怡很是耐人寻味地看着她的肚子。

“你怎么就怀孕了呢？”

赵七七奇怪：“我为什么不能怀孕？”

“能，当然能，我就是感叹一下。”杨洁怡不相信似的伸手碰了碰，“不年轻了，都当妈了，唉！”

李沁笑说：“是赵七七当妈，又不是你，你还年轻着，不老，不老。”

杨洁怡说：“李沁啊，你怎么还不嫁出去，跟我比谁‘剩’的时间长啊？当初也不知道谁说的，三十岁之前不结婚就不出门。”

李沁不以为然："就知道埋汰我，你自己呢？"

杨洁怡笑笑："告诉你们，我离结婚不远了。"

赵七七道："到时候记得给我们发喜糖！"

"终于啊！"李沁做摩拳擦掌状，"哪里人？干什么工作的？长什么样？什么时候带出来给我们瞧瞧？"

"你怎么比我爹妈还急的样子？"杨洁怡想了想说，"找他出来估计挺难，忙不说，他不喜欢跟我的姐妹们见面，说是一群女人在一起吵得他耳根子难受。"

李沁叹道："可惜啊可惜，好好一姑娘，怎么就找了这么个闷骚男。"

杨洁怡佯装怒气："你才闷骚！人家好好一男人！"

"得，我错了。"她偷偷在赵七七耳边说，"看，还没结婚就护着人家。"

"喂喂喂，你这么说可就不对了，七七那会儿可是怎么对庄希的。"

一说到这个问题是，大家又都有些沉默。

赵七七突然想起刚才还没有打电话回去，一看时间，都六点了，通常他们家五点半吃晚饭，庄希五点就回家的，但是竟然没有打电话来找她。

赵七七嘟着嘴，难道我真的让你这么放心？

拿起手机，才知道是没电后自动关机了，赵七七心中突然出现一个声音：完了完了！赵七七你完了！

借了李沁的充电宝充上电，一开机庄希的电话就进来了："我差点就要报警了！"

赵七七低低道："你轻点，我耳朵疼。"

庄希放缓了语气说："在哪儿啊？我去接你。"

赵七七支吾着说："我还要吃饭呢。"

庄希想了想，说道："吃完了给我打电话我来接你，别自己乱跑。"

"嗯，知道了。"

庄希又补充了句："别乱吃东西。"

"放心，不会的。"

赵七七挂上电话，一张小脸长成了苦瓜。

李沁气道："这庄希什么时候变得这么蛮不讲理啊？现在才几点啊，我们在学校的时候，哪天会那么早回宿舍啊！"

杨洁怡大叹："结婚，一定要慎重。"

两三个好朋友在一起喝喝奶茶聊聊天的日子……似乎，已经离开很久了。

半个小时左右的时间，庄希来了，赵七七很主动地投怀送抱，李沁和杨洁怡看着在一旁哀叹：

"女人啊！"

"结了婚的女人啊！"

赵七七摆摆手和她们道别："下次我请你们！"

二人上了车，庄希道："可被你吓了个半死。"

赵七七笑着倚在他怀里。

五月的夜晚，轻风习习，带着微微的凉意，马路上车流不息，人潮依旧未歇。

孕吐的时间段终于过去了，胃口也有了很大改善，赵七七想着，接下来的几个月，应该没有那么辛苦。

因为有艾蒙在，赵七七的工作相对轻松了许多，几乎就没什么事情做。她发现艾蒙这个人有的地方非常好玩，几乎就是天生的保姆型人才，最喜欢翘着兰花指对赵七七说的话是：“你别动，我来。”

趁着吃饭时间，赵七七给李允贞打了个电话，电话响了一声立马就接了：“七七啊，我干儿子怎么样了？”

“怎么你也喜欢儿子？”

“异性相吸啊亲爱的。”李允贞的声音听上去很无聊，“你要是再不打电话过来我都要睡着了。”

“你不上班啊？”

“上啊，不过最近都没什么事情，就是干坐着无聊，又不能上网，这个无良的网络设备！”

赵七七听到电话那头李允贞闲着敲水笔的声音，两个人七七八八聊到了下班。

赵七七回到家后，庄希还没回来，她打算先洗个澡，回忆了一遍孕妇洗澡的时候有哪些注意事项，水温不可以太烫、室内不可以太闷热、洗澡的时候要用淋浴……确定无误后，才进了浴室。

她在浴室里看着自己的肚子，很为接下来的几个月担忧……如果每天都要这样小心翼翼地度过，不是能把人累死！

不能上网，看电视要少于一个小时，连在手机上打俄罗斯方块都不行，出门要防止被自行车碰到，不能挤太拥挤的电梯，地铁上要小心摔跤……连收个衣服都要当心抬头会不会头晕……赵七七这个澡洗得她精神恍惚。

她出了浴室看到庄希正在上淘宝，一手按鼠标一手拿着本书，眼睛在电脑屏幕和书本上相互移动。

赵七七还在气头上，不理他，直接无视。

庄希自己凑上来：“不问问我在买什么？”

赵七七没好气道：“随便你。”

“给你买两件防辐射的衣服。”庄希指了指电脑屏幕上一件粉红色的外套，“这个怎么样？”

赵七七看了一眼：“不要，我要那个蓝的。”

“淡蓝的还是深蓝的？淡蓝的吧，深的那件不好看。”

“平时让你陪我出去买件衣服怎么就不见你这么上心呢。”赵七七轻轻扯住庄希的耳朵，“只知道孩子孩子的。”

“这衣服是给你穿的又不是给孩子穿的。”庄希把赵七七拉到他怀里，就着耳朵小声说，“我最宝贝最宝贝的，还是我们家赵七。”

赵七七撑着庄希的肩膀站起来：“你都没洗澡呢就抱我，现在命令你，赶快去洗澡！”

庄希笑道：“我又不臭，不信你闻闻。”他说着伸出手臂抱她。

赵七七一把打开他的手：“不闻不闻，赶快洗澡，不然把你赶出去！”

庄希商量着：“先亲一下。”

“不行。”赵七七才说完，人已经被抱了起来。

“宝宝说爸爸没洗澡，不准亲！”

“我明明听见宝宝说要爸爸亲一个。”

赵七七摆出一张哭脸：“不理你，我去淘宝买衣服，趁着这两个月还能穿，我要多买点漂亮衣服先穿着！刷爆你的卡！叫你惹我生气！”

庄希说：“我十分乐意，不过你也不用急在一时，怀孕妈妈现在也有漂亮衣服穿，还专门设计的，可好看了。”

赵七七刷了张网页出来，果然看到很好看的孕妇装：“你怎么什么都懂啊？”

“我有这个！”庄希拿起放在电脑桌上的书，“下班后路过书店，看见正好摆在门口就买回来了。”

赵七七一看封面，《准妈妈健康手册》。

她心中突然特感动：“庄希同志，你是如何在众目睽睽之下去书架上拿下这本书的？”她从来没有在这一类书架旁看到过男人的身影。

“我也是该学习下，不能让你太辛苦了。”庄希简简单单地回了一句，“你先看着，我去洗澡。”他又放低了身体，“宝宝啊，爸爸洗完澡回来亲你，别睡着了啊。”

赵七七喜滋滋地逛了圈淘宝，买了两件防辐射的孕妇装，付款之后赵七七躲到被子里去研究《准妈妈健康手册》。

“孕妇在怀孕前三个月非常容易流产，必须特别注意，不应搬运重物或激烈运动，而家务与外出次数也就尽可能减少。不可过度劳累，多休息，睡眠要充足，并应控制性生活。在感到特别疲劳时不要洗澡，而要及早卧床休息……”

赵七七躺在松软的大床上，看着看着就开始犯困，耷拉的眼皮渐渐就完全合上了。

再次醒过来是因为感觉到身后有人抱着她，有些不太舒服，赵七七动了动，闻到庄希身上熟悉的味道，又很放心地睡下了。

“赵七。”庄希低低叫了她一声，一手覆上她的腹部。

“唔……痒。”赵七七嘟囔着换了个姿势。

正要继续睡，感觉到庄希手上的热度有些不太对劲，温热的呼吸从颈部徐徐传来。

她猛地翻了个身，微红着脸抬起头。

“医生说了，不可以。”

“笨蛋。”庄希亲了亲她的鼻子，“我就是抱抱你，有分寸的。”

赵七七埋头。

时间一点点过去，徐崧文干脆好人做到底，直接批了赵七七六个月的假期，赵七七连着在家里待了好几天，精神养得特好，体重也一点点上去了。

李美华不再像前几天那样愁眉苦脸抱怨她瘦了，却还是一日三餐照顾得妥妥当当。

这天，庄希起床的时候看见赵七七还在沉睡，特意没有吵醒她。

赵七七一直睡到中午才起床，吵着要吃方便面。庄希坚决反对，磨蹭了半天都不准，否决了方便面之后庄希想了很久他们应该吃什么，最终还是决定吃蛋炒饭加白煮蛋。

赵七七想起以前在美国的时候，其实李沁很会做菜，可就是懒得动心思，宁愿顿顿都是蛋炒饭，然而两个人还是能吃得热火朝天。那时候她们漂泊在外，住的是别人的房子，环境远不如现在，生活上也常常遭遇困窘，但是那一份自由和相濡以沫的情感却最是难能可贵。她仔细想想，觉得现在的生活甚至比不得从前。

中国人讲究安定，要有生根立命之所，如同树要有了根基之后才能活得长久，但是没有人告诉过赵七七，当这棵大树枝繁叶茂后，原来还会产生各种各样意想不到的问题。这就是所谓的世俗生活，鸡毛蒜皮，蝇营狗苟，它能给人以安定，却也消磨了太多岁月难以企及的东西。

然而，不管赵七七有多怀念过往的日子，再给她一次选择的话，她还是要嫁给庄希。绝大多数人都有必要随波逐流，这就是生活。而赵七七就属于那绝大多数的人，结婚生子、生老病死，她从来就是按部就班，做不来特立独行。

婴儿七个月大的时候，赵七七又做了一次产检。这回是她一个人去的，执意自己坐公交车，想着孩子很快就要离开她，心中莫名有些不舍，分外珍惜这种只有他们二人的时刻。最近的日子，所有的细节都变得分外敏感，就好比现在，她在投币箱口放上一个硬币，拇指和食指微微张开，听到一个清脆的金属敲击声，仿佛有什么东西轻轻落在心尖上。

赵七七选了一个靠窗的座位坐下。汽车左转，引擎的呜呜声很响，她还没有坐定，车子已经启动了。窗子是微微开着的，凉风迎面吹来，她抚了抚头发，看向窗外。

她的视线落在窗玻璃的一条裂纹上，很细，小心翼翼地爬在靠近把手的地方，像一个孩子怯弱地在崭新的画板上描摹的第一笔。

医院很近，那个熟悉的报站声音又响起来：“下一站，中山医院。”

赵七七小心翼翼地从座位上站起来。

好在医院排队等候的人并不多，赵七七很快就等到了，体检室里很安静，医生温和地嘱咐着各种注意事项。赵七七在他身边不到一米的地方，看到他仔仔细细地处理好每个步骤，白色褂子一尘不染。

外面突然变得很吵，似是在庆祝一个新生命的诞生，嘈杂声像是从一个很遥远的地方传来，听不真切。

随后，又是折腾得要命的一个月。

赵七七怀孕八个月的时候，顾静怡谈恋爱的事情被李美华知道了，李美华大为生气，得知赵七七知情不报后，更是一个人生闷气。

赵七七又觉得烦躁了，试图说服婆婆给顾静怡一点自己的空间。

徒劳无功。

而徒劳无功之后，面对的竟然是早产。

这一天来得太过突然，以至于赵七七脑袋空空的，仿佛眼睛只看见庄希忙得满头是汗的脸。

然后就是各种痛，痛得死去活来……

赵七七终于醒来，第一眼见到的就是庄希，还有他手里那团奇奇怪怪的东西。

赵七七的第一句话就是：“为什么他长这样？”

庄希有些蒙，想一想说道：“大概……就是这样的。”

怀里的小庄希不开心了，小手拼命地乱晃。

赵七七的好奇心过去之后，瞬间就母性泛滥了：“快给我抱抱。”

庄希小心翼翼地托过去：“你当心着点儿。”

八个半月的孩子，抱在手里轻得像小猫似的，赵七七不禁抚上他的脸颊，感受到预料中的温暖，那喜悦的感觉几乎在瞬间就把她包围起来。

“庄希，我们认识多久了？”

“四年了吧。”

“时间过得好快。”

赵七七想起他们头一回见的时候，那样陌生的环境、那样年少的心境，从不曾想过，真的会和这个人走到今时今日。这段她先一步的爱情，开始的时候，走得并不如意，好在，磕磕绊绊，总算是走下来了。

张爱玲那句话怎么说来着：“在你面前我变得很低很低，低到尘埃里。但我的心里是喜欢的，从尘埃里开出花来。”

她喜欢了他这么久，至于开始，在彼此都还不了解，甚至不认识的时候，她为什么喜欢他，这些都已经不再重要。

赵七七看着眼前的庄希，心想自己运气多好啊，遇到的是这么个人。和他在一起的日子，安安静静，欢欢喜喜，不是热烈奔放，也没有激情如火，但这样的日子，如果过一辈子，想来也是不会腻的。

庄希俯下身抱着赵七七，在她额头上留下细细密密的吻：“谢谢，真的谢谢。”

赵七七看着两人怀中的小不点：“长得像你还是像我？”

“这么丑，当然像你。”

“庄希！”

“有没有想过我们儿子叫什么名字？”

赵七七张口就说了一串：“庄傻，庄愣，庄疯，庄……”

庄希露出了一个极其善解人意的笑容：“庄疯卖傻怎么样？四个字的名字，多响亮。”

这下赵七七不乐意了。

不一会儿，病房外来了一堆人，都是吵着要来看宝宝的亲戚朋友，赵七七顿时如临大敌。

庄希道：“放心，我和医生串通好了，最多十分钟，就会来赶人。”

“他们走后我要吃好吃的。”

“好。”

“馄饨水饺小笼包烧卖。”

“好。”

“手撕鸡粉蒸肉酱鸭翅掌中宝。”

“好。”

“肯德基的外带全家桶。”

“好。”

赵七七仰起脸，笑得十分甜蜜。

【全文完】